참깨꽃
연가

참깨꽃 연가

서동애 수필집

글라이더

다시 또 책을 낼 수 있게 되어 매우 기쁩니다.

계절은 어김없이 흘러 모든 이파리가 꽃이 되는 가을은 두 번째 봄이랍니다. 유난히 긴 장마와 태풍을 이겨낸 오곡백과도 참 기특합니다. 내리막길 내 인생도 단풍의 향연처럼 즐겁고 저 하늘처럼 푸르게 늙어가고 싶습니다.

처음 책을 내놓고 혈육과 영원한 이별의 아픔을 겪었는데, 어느새 10여 년이 훌쩍 지났습니다. 그동안 글항아리에 가득 담아놓은 글들을 쏟아서 두 번째 수필집을 출간하게 되었습니다.

수필은 체험의 상상화이고 소재의 의무화이듯, 이번 작품들도 내 뿌리인 유년의 추억 속에서 편린(片鱗)을 줍고 몸소 실천하고 체험한 생활상을 그려냈습니다. 함께 걷고 서로 바라보며 나누는 것. 더불어 사는 우리는 참으로 행복합니다.

참깨꽃 연가

이미 사라지거나 잊힌 것을 기억하고 재현했습니다. 인생의 새로운 해석도 중요하지만, 내가 살면서 확인한 보편적 진실이 더 가치 있다는 것을 알았습니다. 은유의 숲에서 허우적거리는 시도 아니고 허구성으로 꾸민 소설도 아닌 수필은 진솔한 삶 자체입니다.

가슴 깊이 서리서리 끼어있던 안개를 걷어내고, 그 안개가 물러간 자리에 운치 있는 풍경화를 걸 준비로 설렙니다. 본향 나로도 가장 높은 봉래산 정상에서 확 트인 바다를 마주할 때처럼 기분이 상쾌합니다.

즐거운 마음으로 사유하며 머무르는 것에 안주하기보다는 주변을 돌아보면서 내내 하얀 반달을 볼 수 있기를 기대합니다.

꾸밈없는 유년의 시간을 배회하는 나리꽃 얼굴로 새로운 삶을 이어가고 글을 쓸 수 있어서 정말 좋습니다.

2020년 농익은 만추의 가운데에서
서동애

차례

참깨꽃
향기

콩나물을 무치려고 꺼낸 참기름병 바닥이 보였다. 식사를 마치고 참기름을 짜려고 지난해 갈무리해둔 참깨를 꺼내다 몇 개가 바닥에 떨어졌다. 농사를 지을 때를 생각하며 손에 잘 잡히지 않은 참깨를 한 알도 남김없이 주웠다. 참깨 농사는 그 어느 작물보다 손이 많이 가고 키우기가 까다롭다. 하지만 우리 음식 양념으로 없어서는 안 될 귀한 농작물이어서 해마다 거르지 않고 참깨 농사를 짓고 있다.

마늘을 캐낸 밭에 비닐을 걷어내고 참깨 씨를 뿌려야 하는데 일이 태산 같이 걱정이었다. 그런데 저녁에 농장에서 돌아온 남편이 반가운 소식을 전했다. 남편 친구들이 일손을 거들어주겠다고 하지 않는가. 이렇게 고마울 수가! 요즘 모내기 철이라 일손 구하기가 하늘의 별 따기다. 남편과 둘이서 꼼짝없이 며칠을 해야 할 일을 도와준다니 절로 콧노래가 나왔다. 갈수록 일손 구하기가 힘드니 손이 덜 간 대체 농작물을 심어야 하지 않을까. 요즘 우리 부부의 고민이다.

동틀 무렵 남편이 농장으로 간 사이 새참으로 김밥과 잡채를 만들었다. 부지런히 새참 준비를 마치고 남편에게 전화를 걸었다. 한참 신호가 가자 "여보세요?"라는 숨 가쁜 남편 목소리가 전화기 저편에서 들렸다. 아마 전화기를 내려놓고 일하다가 급히 달려온 모양이다. 새참 준비가 다 되었으니 데리러 오라고 했다. 그는 현관문을 열고 들어서자마자 친구들이 일하고 있으니 빨리 가자고 재촉했다.

농장에 도착하니 남편 친구 두 명이 부지런히 일하고 있었다. 이미 넓은 밭에는 어제까지 검은 비닐에 덮여 있던 맨땅이 눈부신 햇살을 받아 아지랑이가 모락모락 피어오르고 있었고, 벗겨놓은 비닐도 산더미처럼 쌓였다. 남편은 친구들이 새벽 4시도 채 되기 전에 나와 일을 시작했다며 자랑스럽게 말했다.

그들 덕분에 수월하게 마늘밭 설거지를 끝내고 참깨 씨를 뿌렸다. 다른 사람들은 검은 비닐을 씌워 놓고 그 위에 구멍을 내서 참깨 모종을 하는데, 늘 하던 대로 두둑을 만들어 노지에 뿌렸다. 참깨 씨앗을 뿌리는 일은 늘 남편 몫이다. 내가 좀 해보려고 하면 못 미더운지 아예 근처에도 못 오게 했다. 촌부로 살아온 세월이 얼마인데 아직도 갓 시집온 스물두 살 철모르던 새색시로 봐주니 고맙기도 하지만 때로는 인정을 못 받는 것 같아 부아가 나기도 했다.

참깨처럼 작은 씨앗일수록 농사일이 더 어렵고 신경 쓰인다. 씨앗을 뿌린 후엔 비가 많이 올까 걱정이다. 비가 많이 오면 빗물에 씨앗이 씻겨 내려가기 때문이다. 참깨는 꽃이 피고 열매가 맺어서 잘 익다가도 자칫하면 그대로 녹아버린다. 이렇게 많은 신경을 써야 하는 힘든 참깨 농사를 남편은 한 해도 거른 적이 없다. 그런 집념 때문에 우린 수입 참깨를 한 번도 사 먹지 않았다.

농작물은 주인 발걸음 소리를 듣고 자란다고 하는데 참깨는 더욱 애지중지 돌봐야 하니 주인 사랑을 그만큼 더 받는 셈이다. 다행히 뿌린 참깨도 아주 싹이 잘 나와 반농사는 지었지 싶다. 남편은 하루가 다르게 커가는 참깨를 보면서 자신이 씨앗을 잘 뿌린 덕이라며 자화자찬이다. 나도 그런 남편 곁에서 맞장구를 쳤다.

결혼할 당시 시댁에는 머슴이 둘이나 있었기에 칠 남매 중 막내인 남편은 농사일에 관심도 두지 않았다. 그런 남편은 분가하여 한 가정을 이루더니 성실함을 보여 이제 주변 사람들은 다 안다. 하지만 그가 못 하는 일이 있다. 바로 참깨밭 김매기다. 참깨는 줄기가 연하여 잘 부러지고 뿌리가 쉽게 뽑히기 때문이다. 그래서 참깨는 여간 신경 쓰이는 작물이 아니어서 남편도 그 부분은 인정한다.

할 수 없이 김매기 전문가 수준 격인 이웃 동네 아주머니 예닐곱 명을 불러서 참깨밭 김매기를 했다. 난 새참과 점심을 준비하느라 손이 묶였다가 점심을 먹고 본격적으로 아주머니들과 합세해 김을 맸다. 여름 한낮 더위에 내 얼굴은 불에 덴 듯이 화끈거리고 등줄기엔 땀이 흘렀다. 주인은 아흔아홉 몫이란 옛말이 있다. 난 손놀림이 다른 사람보다 꽤 빠른 편이지만 주인 몫을 하자니 정말 힘들었다.

다음날은 쉬고 싶었지만, 곡식은 때가 있는 법이다. 어제 못다 맨 참깨밭에 홀로 앉았다. 어제 솎아 버린 참깻잎이 내리쬐는 햇볕을 받아서 시들어간다. 선택된 참깨는 여유롭게 자리 잡아 더욱 싱싱해 보이는데, 시들어서 죽어가는 연둣빛 참깻잎들을 보니 애잔한 마음이 들었다. 경쟁이 심한 우리 인간사에서 낙오자를 보는 것 같았다. 그러나 어찌하랴! 밭이랑에서 이따금 불어오는 바람에 한들거리는 참깨들은 화초처럼 예뻐 보인다. 풀을 뽑고 북을 돋은 밭이 말갛게 갠 하늘만큼 시원스럽다.

어느새 새참 때인지 남편이 시원한 수박 몇 조각과 따끈한 커피를 내왔다. 그때 "엉덩이 치워!" 하는 남편의 벼락 친 소리가 깨밭을 뒤흔들었다. 깜짝 놀라 벌떡 일어나 뒤를 살폈다. 나도 모르게 참깨를 깔고 있었다. 그깟 참깨 하나 때문에 뙤약볕에 밭매는 마누라는 안중에도 없는 것인지. 나쁜 일 하다 들킨 강아지 표정으로 붉어진 내 얼굴을 본 남편이 미안했던지 나를 그늘로 이끌었다. 참 성격이 급해도 너무 급하다. 금방 자신이 한 일을 후회하는 그를 더는 탓할 수 없었다.

한여름 내내 참깨밭에서 가끔은 노래도 불러주고, 자주 발소리를 들려주었더니 하루가 다르게 참깨들이 앞다투어 꽃을 피우기 시작했다. 튼실한 가지 끝에도 꽃이 조랑조랑 달렸다. 많은 꽃 중에서 곡식 꽃은 더 예쁘다더니 연보랏빛으로 참 곱고 사랑스럽다. 남편만 아니면 환하게 핀 참깨를 몇 개 꺾어다 서실(書室)에 꽂아 놓고 싶었다.

일찍 끝난 장마도 그들을 위해 한몫해 주었다. 수확 전까지 제발 큰 바람과 비만 없다면 참깨 농사는 대풍일 것 같다. 하지만 구순이 넘으신 친정엄마는 참깨는 곳간에 넣어봐야 장담을 한다고 연륜의 경험을 말했다. 그만큼 병치레도 많이 하는 게 참깨다. 다른 것은 다 기계로 탈곡하는 데 반해 참깨는 순 수작업으로 이루어진다. 아기 다루듯이 베고 다듬고 묶어서 참깨 단을 세워야 한다. 깨를 털 때도 단을 하나하나 손으로 풀고 털어서 다시 묶어 세워야하는 번거롭고 조심스러운 수작업이다. 하지만 참깨를 털어서 명석에 말릴 때는 보송보송한 참깨를 두 손으로 귀물처럼 받든다. 유독 손이 많이 가서인지 애틋하고 먹기도 아깝다.

옥수수 알맹이 빠듯이 드문드문 서 있는 참깨를 마지막으로 남편과 거두었다. 베어 온 참깨를 다듬어 단을 만드는데 불쑥 눈을 감아 보란다. 난 "바빠 죽겠는데 왜 눈을 감느냐?"라고 화를 냈다.

그러자 "에이! 뭔가 해주려고 해도 멋도 없는 사람." 하더니 뒤에 감춰 둔 참깨 나무를 쑥 내밀었다. 세상에! 꽃이 환하게 조랑조랑 핀 참깨를 베어오다니. 익지도 않은 참깨는 왜 베어왔느냐고 타박을 주었다. 남편은 슬그머니 뒷걸음쳐 축사 쪽으로 가버렸다.

다시 참깨를 손질하다 문득 남편이 두고 간 참깨 나무를 들었다. 작은 솜털이 보송보송 달린 연자줏빛 꽃을 보고 또 봐도 예쁘고 사랑스럽다. 참깨와 씨름하는 마누라가 안쓰러워 조금이나마 달래주려고 한마음도 모르고 화를 벌컥 내고 말았다. 난 미안함과 고마움에 남편의 깊은 마음이 담긴 참깨꽃을 살며시 코에 댔다.

신혼의 단꿈을 꾸고 있는 다정한 부부를 보면 '참깨가 서 말은 쏟아지겠다.'라고 하거나 고소한 참기름 냄새가 풍긴다고도 한다. 우리 부부에게선 얼마만큼의 참깨가 쏟아질까? 새로 짜온 참기름의 고소한 냄새는 아니더라도 40년이 넘도록 함께한 자부심과 긍지로 삶의 향기를 내어보리라.

용장사에서
만난 설잠

옥천에서 정지용 문학 행사를 마치고 부지런히 경부고속도로를 달렸다. 경주에 있는 숙소에 도착하니 아카시아 향기가 반겼다.

다음날 문화 엑스포 공원의 신라 향가(鄕歌) 비를 보고 계림의 일연선사 시비를 둘러보면서 사대주의자인 김부식에 반하여, 민족주의자였던 김시습이 삼국유사에 쏟아붓는 마음을 배울 수 있었다. 주체적이고 자주적인 사관으로 서민문화에 관심을 갖고 민족 정통성을 확립한 삼국유사의 그 많은 이야기를 수집하고 기록했을 일연 스님의 애국심에 마음이 숙연해진다.

연못에서 편지를 들고 노인이 솟았다는 서출지는 어린 연잎으로 덮였다. 임금을 해하려는 중과 왕비는 사금갑 설화를 남기기 위해 거문고 갑에 숨어들었던 것일까. 그래서인지 소지왕의 자리는 더욱 빛났다. 고즈넉이 오래된 정자는 연못 한쪽에서 여전히 세월을 낚고 있다.

마지막 금호산에 있는 용장사지를 찾아가는 길을 잘못 들어 온몸에 흐른 땀으로 일행들의 얼굴은 가을 잘 익은 연시가 되었다. 오직 설잠을 만나려는 일념으로 작은 팻말 하나 없는 곳을 P 교수의 발길만 믿고 따른 일행은 헉헉대며 올랐다.

깊은 숲속으로 들어가자 맑은 물이 흐르는 계곡을 따라서 한 시간을 족히 지나니 붉은 현수교가 보였다. 매월당 김시습의 법명인 설잠교(雪岑橋)다. 하지만, 어쩐지 이 용장골 계곡에 어울리지 않는 다리였다. 양복에 갓 쓴 꼴이라고나 할까.

조카의 왕권을 찬탈함에 분개하여 세상을 등져야만 했고, 현실의 고통을 외면하고자 내세에 집착해야만 했던 고독은 다섯 편의 소설로 탄생하였다. 사람은 죽어서 혼은 하늘로, 몸은 땅으로, 귀는 벽으로 흩어진다 했고, 우주는 둥글지만, 기(氣)의 형태는 없다 했던 그 사람이 먼저 알고 와 있었다. 더없이 맑은 하늘에, 오랜 세월 등 굽은 소나무에 설잠의 그림자가 느껴졌다.

하산객에게 용장사지가 얼마나 남았느냐고 물으면 5분만 가면 된다는 말에 몇 번이나 속고 오른 용장사지다. 수풀만 우거지고 안내판만 서 있을 뿐이라며 다들 입을 모았다. 정말 5분을 오르니 용장사지 삼륜대좌불이 목은 어디로 가고 몸체만 높이 앉아 있다. 대륜에는 쇠붙이가 끼워져 있다. 아름다운 예술품에 누가 심술을 부렸을까.

바로 뒤쪽 석벽에 보물 제913호인 용장사지 마애여래좌상이 조각되어 있다. 여기서 50m 높이에 3층 석탑이 보였다. 마지막 힘을 다하여 밧줄을 잡고 오르니 세상이 눈 아래 펼쳐진다. 어떻게 이 꼭대기에 이렇게 육중한 석탑을 세웠을까. 높이 1.5m 한 면이 2m의 기단석 위에 세워진 보물 제186호 삼층석탑은 주위의 여러 산봉우리를 거느린 점잖은 살아있는 신이다. 눈과 비바람 속 천년을 묵묵히 지켜 온 웅장한 모습, 어찌 세계문화유산이 아니겠는가.

용장사지 풀밭에서 내려다보는 경주와 정상에 우뚝 선 삼층석탑이 우리를 밀고 당겼던 것일까? 끝까지 오르자는 의견에, 보여주지 못할까 봐 내심 애태우셨을 교수의 얼굴은 하회탈이 되었고, 발걸음은 더없이 가벼웠다. 꼭대기에서 내지르는 감탄과 감격, 보물 186호에 등 기대고 서니 곁에 있는 노송이 흐뭇하게 내려다봤다.

세조의 왕위 찬탈에 김시습은 생육신의 한사람으로 전국을 방랑하다 이곳 금오산에 들어와 금오석실을 차려놓고 금오신화를 창작했다고 한다. 신령스러운 이곳 정기를 받아 울분을 승화하여 신화 같은 소설을 썼는가 보다. 꼭대기까지 오른 사람은 이십여 명, P 교수와 우리는 감개무량한 심경을 기념사진에 담았다.

하산 길은 졸랑졸랑 계곡 물소리와 땅에게만 노란 꽃술을 보여준다는 때죽나무, 한껏 퍼지른 불두화와 해당화 향기로 나른했다.

마른 산길에 자빠지기도 하고 바위에 매달려 비명도 질렀지만, 설잠을 만나고 서두른 귀갓길 노을은 더 붉었다.

해가 뉘엿뉘엿할 즈음 버스에 올라, 반달을 등에 업고 서울로 달렸다. 가슴 뿌듯한 문학기행이었다.

연극에서 노년을
바라보는 삶

성미 급한 겨울이 빨리 오고 싶은지 요즘 가을이 아니라 깊은 한겨울 날씨처럼 꽤 추웠다. 청소년 지도자를 상대로 한 청소년 단체에서 열린 청소년 진로 포럼이 예정 시간보다 늦게 끝났다. 오랜만에 만난 지인들과 제대로 인사도 못 하고 급히 대학로로 향했다.

대학로에는 추운 날씨인데도 주말을 맞아서 젊은이들로 활기가 넘쳤다. 나도 덩달아 한껏 들뜬 기분으로 그들 속으로 걸어 들어갔다. 함께 연극을 볼 오랜 문우에게 휴대전화를 걸어 장소를 알려주었다.

점심도 변변히 먹지 못했던 터라 배에서 아무거라도 좋으니 보내 달라고 꼬르륵 아우성이었다. 포장마차에서 젊은 연인들 틈을 비집고 따끈한 어묵과 국물을 마시니 허기와 추위가 금세 풀렸다.

'엄마가 결혼한대!' 포스터를 따라 들어선 대학로 예술극장의 소극장. 지하 3층 계단을 내려갔다. 아직 이른 시간이라서 그런지 한산했다. 마침 초대한 J가 "어머니, 여기예요."라며 인사를 꾸벅하며 달려와 손을 맞잡았다. 이번 공연의 제작 프로듀서를 맡은 딸의 절친이다.

그는 몇 해 전부터 내 나이에 맞은 공연이 있을 때마다 잊지 않고 초대해준 고마운 존재다. 처음에는 정말 고마워 간식거리를 사다 주었다. 그때마다 그냥 오셔도 된다는 말에 어느새 나는 빈손으로 그의 초대에 응한다. 그가 건네준 좌석 표를 받아서 확인하고, 오늘 볼 공연 줄거리를 읽었다. 서울문화재단 공연으로 창작 활성화 지원사업 선정 작품인 '엄마가 결혼한대!'라는 미국 앤드루 버그만의 작품이었다.

입장 시간에 맞추어 문우가 왔다. 시내버스를 타면 20여 분 거리에 살면서도 몇 개월 만에 만났다. 공연이 시작되었다. 작품의 무대는 뉴욕시 교외에서 연로한 어머니를 모시고 사는 첫째 딸 부부와 뉴욕시 맨해튼에서 화랑을 운영하며 부유하게 사는 둘째 딸 부부의 맨해튼 집을 방문하면서 본격적인 이야기가 진행되었다.

국내에서도 영화감독으로 유명한 앤드루 버그만의 1986년 작품으로 미국 중산층 가정의 자녀와 노년의 부모 삶을 보여주었다. 삶과 성(性)에 대한 가족들의 인식과 태도 변화를 유머스럽게 그려냈다. 80세 여자와 100세 남자의 뜨거운 사랑이 결실을 볼 수 있을지. 최근 드라마와 연극 무대에서 황혼 로맨스가 많이 그려지고 있다. 딸의 시선으로 엄마의 연애를 바라보는 연극이라고 할 수 있는 노년의 사랑 이야기가 전면에 그려지지만, 할머니 소피에서 손녀 사라에게 이어지는 다양한 삶의 방식을 선택하는 여자들의 모습이 작품 곳곳에서 드러났다.

연극은 엄마에 관한 애잔한 정서보다는 엄마, 여자, 노년의 성과 사랑에 관한 이야기를 담아 내었다. 무엇보다 이 작품은 미국 사회를 표현하고 있는 다른 브로드웨이 작품과는 다르게 우리나라에서도 겪고 있는 가정 문제를 작가 특유의 유머를 가미하여 마치 번역극이 아닌 우리의 이야기를 보는 듯한 착각에 빠지게 했다.

공연이 끝나고 문우와 헤어지기가 아쉬워 가까운 커피 전문점으로 자리를 옮겼다. 우린 당연히 연극에 관한 이야기를 나누었다. 홀시어머니를 모시고 있는 그는 미국과 우리의 정서는 다르지만, 나이가 많고 적고를 떠나서 좋은 이성 친구가 있다면 굳이 말리고 싶지 않다고 했다. 그렇다. 요즘 핵가족 사회와 고령화 사회가 함께 그대로인 현실에서 가족관계, 경제, 건강과 고독감, 외로움과 성 문제 등은 오늘날 우리가 겪어야 할 다변적인 문제라는 걸 인식해야 한다.

연극 속 두 딸의 상반된 입장에서 누가 그들에게 옳고 그름을 탓하겠는가? 자신의 상황에 따라 다름을 어떻게 생각하고 받아들이느냐에 따라 삶의 질은 달라질 것이다.

선지,
후식

배달된 일간지에서 어느 작가의 재미있는 글을 읽으면서 내내 웃음을 흘렸다. 그 글은 다름 아닌 나를 보는 것 같았다.

나는 언제부터인지 정확히 알 수 없지만, 어느 곳이든 색다른 음식을 보면 바로 사진을 찍는다. 밖에서뿐만 아니라 집에서도 내가 한 음식이라도 먼저 찍고 그다음 먹는다.

한 인터넷 조사회사가 여성들에게 '나를 행복하게 해주는 게 무엇인가?'라는 질문을 던졌다. 그에 따른 답은 67%가 "음식"이라고 응답했다고 한다. 특히 미혼은 그 비중이 유독 높은 것으로 나타났다. 그들은 "음식을 자주 만들지는 않지만 먹는 것은 매우 좋아한다."라고 답했다. 밖에서 사 먹는 음식이 맛있을 때 행복을 느낀다는 것이다.

남자들에게 음식이란 '허기를 채우기 위한 것'에서 크게 벗어나지 않는다. '무엇을 먹을 것인가, 어디서 먹을 것인가 하는 문제로 장시간 고민하는 남자는 드물다고 한다. 그러나 여자들은 다르다. 메뉴 결정이 쉽지 않으며 한참을 기다리더라도 인정받은 맛있는 집에서 그것도 꼭 대표메뉴를 앞에 놓아야만 직성이 풀린다. 오랜 기다림에 끝에 음식이 나와도 곧바로 먹지 않고, 인증사진부터 찍어 소셜네트워크서비스(SNS)에 올린다. 그것도 모자라 지인에게 보내며 은근히 자랑까지.

밖에서 먹는 음식 중에 내가 가장 좋아하는 초밥을 딸아이가 종종 사준다. 음식이 나올 때마다 스마트폰으로 찍어대는 엄마가 처음에는 창피하다며 음식이나 먹으라고 면박을 주더니 어느 사이 "자 빨리 찍으시라." 하며 잘 찍히게 접시를 이리저리 옮겨주기까지 한다.

이제는 음식점에서 흔히 볼 수 있는 광경으로 다른 테이블도 사정은 비슷하다. 여자는 찍고, 맞은편 남자는 젓가락을 든 채 여자 친구의 몸짓을 묵묵히 바라보며 기다려 준다.

우리 시대 맛집은 최고의 즐거움이자 이야깃거리가 되었다. 20~40대 여성들에게 맛집은 블로그 혹은 SNS와 연관어로 여길 만큼 한 몸체로 붙었다고 해도 과언이 아니다. 음식은 개인을 넘어 관계로 확장되어 여성에게 "맛이란 분위기를 포함한 단어."라고 한다. 그들의 호불호 판단에는 어떤 분위기에서 누구와 함께 식사했느냐가 종합적으로 작용한다는 것이다.

맛있는 음식을 통하는 사람과 함께 먹는다면 여성들에게는 그 순간이 행복의 절정이다. 경험의 공유에서 최고의 만족을 느끼기 때문이란다. 여성들은 생동감 있는 사진과 아기자기한 이야기로 블로그를 꾸며 사람들의 호기심과 공감을 끌어낸다. 남자들에겐 잘 먹으면 끝인 식사가 여자들에게는 많은 사람과 공유할 수 있는 이야기로 재탄생하는 셈이라고 했다.

재미있고 의미 있는 글을 접하면서 시대에 따라 많이 변하기도 하지만, 어떤 음식인지를 떠나서 "음식" 하면 우리에게 참! 소중하고 귀한 존재이다.

백 년의 숨결,
천년의 입맞춤

2016년 5월 초. 국립소록도병원 개원 100주년 기념식 및 제13회 한센인의 날에 즈음하여 특별한 초청장을 받았다.

"풍요와 감사의 계절 5월, 국립소록도병원 개원 100주년 기념 및 제13회 한센인의 날을 맞이하여 전국 한센 가족이 한자리에 모이는 흥겨운 축제의 장이 펼쳐집니다. 올해는 한센 가족은 물론이고 지역민 등 국민이 함께 만나고 소통하는 뜻깊은 자리가 될 것으로 기대하며, 이 자리에 여러분을 초대하오니 바쁘시더라도 부디 참석하시어 자리를 빛내주시기 바랍니다."라는 초청장에 쓰인 글귀가 찡했다.

지역작가라는 이유로 이 뜻깊은 행사에 초대장을 보냈다니 더욱더 기뻤다. 100주년이 아니라도 개원 날이면 별일 없는 한 빼놓지 않고 가는 소록도지만 이번은 특별한 마음으로 그날을 기다렸다. 서울에 있다가 행사 이틀 전 고흥 집으로 갔다.

남편이 운전하는 차를 타고 집에서 25여 분 거리에 있는 소록도 입구 주차장에 도착했다. 주차장 입구에서 관리원들이 일시 정지를 시키자 남편은 행사장까지 못 가게 하니 내려서 걸어가라고 했다. 순간 초청장과 함께 온 차량 통행증이 생각났다. 봉투 속에서 얼른 꺼내 차 앞 유리에 부착했다. 그러자 가라고 수신호를 보냈다. "어, 정말 초청받는 것 맞네."라는 남편 말에 어깨가 으쓱했다. 뒤따라온 차들은 줄줄이 주차장으로 들어가고 있었다.

소나무가 즐비한 수탄장을 지나서 병원 본관 앞에 남편이 내려 주었다. 행사장인 국립소록도병원 복합문화센터까지 걸었다. 지나가는 솔밭에는 벌써 먼 곳에서 온 한센인들이 돗자리를 깔고 음식을 먹고 있었다.

행사장에는 식전행사가 시작되었다. 많은 사람 사이에 낯익은 얼굴이 더러 보였다. 그들과 눈인사를 하며 자리를 찾아 앉았다. 행사 시간이 가까워지자 큰 키에 백옥같은 머리의 낯익은 얼굴이 보였다. 소록도의 큰 할매로 알려진 마리안느 간호사였다. 자리에서 벌떡 일어나 그에게 다가갔다. 건강상 이유로 못 온다는 사전 정보가 있었던 터라 더욱더 반가웠다. 혹여 만날 수 있을까 내심 기대했는데 기뻤다. 먼 길 오시느라 수고하셨다고 인사를 건네자 그는 오래전에 만나서인지 기억은 가물거리지만 반갑다고 두 손을 잡았다.

국무총리를 비롯하여 전남지사와 고흥군수 등 다수의 국회의원과 내외 귀빈이 참석하자 100주년 행사가 시작되었다. 전국에서 모인 한센인들은 일제히 축하의 손뼉을 치며 기쁨을 감추지 못했다. 참석한 내외 귀빈들의 축사가 끝나고 소록도를 위해 헌신과 봉사한 사람들의 시상식이 있었다. 아름다운 마음과 손길을 가진 그들이 상을 받을 때마다 크게 손뼉을 쳐주었다.

행사가 끝나고 바로 옆 건물인 한센병 박물관 개관식이 있었다. 그곳에는 소록도의 100년의 역사와 한센인들의 애환과 서러움, 눈물이 얼룩진 생활상까지 한눈에 볼 수 있게 시대별로 잘 정리되었다.

지인이 읍내까지 승용차로 가자는 걸 사양하고 중앙공원으로 갔다. 100주년을 축하라도 하듯이 만발한 철쭉꽃이 더 고왔다.

유년에 5월 17일 자혜의원 개원 날이면 일반인에게 딱 하루 개방되던 날 할머니의 손을 잡고 조마조마한 마음으로 이곳에 왔다. 세상에서 가장 무서운 병이라는 의미로 천형의 병인 한센병 환자들과 마주칠까 봐 무서우면서도 너무나 아름다운 풍경에 넋을 잃곤 했다. 그 후 어른이 되어 이곳의 역사를 알면 알수록 너무나 슬픈 사연들이 가슴 아팠다.

한센인들의 슬픔과 눈물로 얼룩졌던 소록도는 이제 우리나라에서 가장 아름다운 섬이다. 부모와 자식들이 일정한 거리를 두고 만났던 수탄장의 비밀을 품고 있는 소나무길을 천천히 걸었다. 제비선창에서 불어오는 보드라운 바람결에 왠지 목이 꽉 멨다.

풋고추 김치
단상(斷想)

　서울에서 지난여름 태어난 외손자를 주중에 돌보고 주말에는 집을 오가다, 코로나19로 인하여 몇 달 만에 시골집에 내려 갔다. 가자마자 열무와 얼갈이배추를 섞어 얼큰한 청양고추와 풋고추, 양파와 마늘, 식은 밥을 넉넉하게 넣고 물고추를 갈아서 풋고추 김치를 담갔다. 양념을 버무리며 몇 번 집어먹고 나니 살 것 같았다.

　서울 있는 동안 제일 먹고 싶었던 게 바로 풋고추 김치였다. 그렇게 먹고 싶으면 담아 먹지? 그걸 꼭 그곳에서 담아야 하냐고 하겠지만 맛이 확연히 다르다. 예전 서울에 살 때 똑같이 담았지만, 전혀 고흥이 아니면 그 맛이 나지 않았다. 이 세상에 태어나 처음으로 나름 유명하다는 김치를 샀는데 내 입맛에는 영 맞질 않았다.

　고흥에서는 알싸한 풋고추와 보리밥을 도구통(절구통의 방언)에

딱딱 갈아서 담근 무시(무의 방언) 잎 풋고추 김치가 참 특별한 별미이다. 열무잎이 나오는 시기에는 장날 바다 건너 내나로도에서 오는 나룻배의 시간에 맞추어 사람들은 나루터와 장 입구에서 기다렸다. 나룻배가 도착하면 서로 오동통하고 부드러운 열무잎을 사려고 사람들은 뒤엉켜졌다. 특히 명밭(목화밭)이나 콩밭 것이 김치를 담그면 아삭아삭 맛이 좋았다.

무시 잎은 집 앞 바닷물에서 씻었다. 그곳에서 씻은 무시 잎은 소금을 조금만 해도 금방 절여졌다. 갓 따온 풋고추와 마늘, 보리밥을 도구통에 넣고 도구대(절구공)로 찧고 딱딱 갈았다. 그런 다음 잘 씻어 놓은 무시잎을 도구통에 넣어 양념이 잘 배도록 버무렸다. 싱거우면 집 간장으로 간을 맞추어 오가리(항아리 방언)에 담았다. 냉장고가 없으니 하루만 지나도 김치는 푹 익어버렸다. 그래서 김치 오가리는 물 채운 큰 함지박에 담고, 수시로 나는 바쁜 엄마를 대신하여 늘 시원한 샘물을 길어다 갈아주었다.

더운 여름날, 온종일 바닷물에서 헤엄치고 놀면 배가 금방 꺼졌다. 쌀보다 보리가 더 많이 섞인 밥은 왜 그리 소화가 잘 되던지. 허기진 배를 움켜잡고 집으로 돌아와 오가리에서 꺼낸 열무김치와 밥을 꺼내 부뚜막에서 먹으면 정말 꿀맛이었다.

아침부터 바다에서 놀다 지쳐서 마루에서 살포시 잠이 들었는데 목탁 소리가 꿈결처럼 들려 왔다. 눈을 뜨니 토방 아래 머리가 파릇한 비구니스님이 서 있었다. 깜짝 놀라 일어나 어른들이 안 계신다 하자, 배가 몹시 고프니 식은 밥 한 덩어리만 달라며 마루에 걸쳐 앉았다. 점심을 다 먹고 없다고 하자, 슬픈 눈으로 먹을 것 아무거나 없느냐며 간청했다.

마침 서까래에 걸린 대바구니가 보였다. 나는 까치발을 하고 바구니를 내려서 정지(부엌)로 가져갔다. 저녁밥을 지으려고 애벌로 삶아둔 보리밥을 큰 주발에 가득 담고, 오가리에서 열무 김치 한 사발 퍼담아 소반에 올려서 스님 앞에 놓았다. 그는 우적우적 김치를 씹으며 맛나게 마파람에 게 눈 감추듯이 순식간에 먹었다. 처음 먹어 본 김치가 너무 맛있다며 더 달라고 했다. 김치를 그릇 가득 담고 대바구니를 아예 그 앞에 놓았다. 보리밥을 바구니 거의 반을 먹고, "예쁜 보살님, 복 많이 받으세요, 관세음보살!" 합장하고 사립문을 나갔다. 나는 그때야 반밖에 남지 않은 가뿐해진 바구니를 걸면서 겁이 덜컥 났다.

뉘엿뉘엿 해가 지자 고구마밭 김을 매던 엄마가 왔다. 저녁을 하려고 바구니를 내리다 그만 깜짝 놀랐다. "오메! 누가 보리쌀을 반이나 묵어 부럿당가?" 나는 걸레를 들고 슬며시 집 뒤꼍 샘으로 갔다. 내가 한 짓이 밝혀질까 봐, 가슴이 두근두근 방망이질 쳤다. 결국, 내 짓인 걸 안 엄마와 나는 한밤에 골목 달음박질을 하면서 쫓고 쫓기는 일이 벌어졌다.

엄마는 종종 풋고추 김치를 먹을 때면, "새벽부터 온종일 밭일에 지쳐서 왔는데, 다시 보리쌀을 손질하여 밥을 지으려니 얼마나 화가 나겄냐? 니는 그때부터 남에게 퍼주기를 무자게 좋아했다." 라며 웃었다.

늦가을 김장하기 전, 잎이 달린 무를 조각내어 살짝 절여서 양파와 보리밥을 갈아 버무린 다음 다진 풋고추를 넣는다. 상큼하고 달짝지근한 게 동치미와 비슷하다. 큰 항아리에 가득 담아서 두고 두고 겨우내 먹으면 없던 입맛이 돌아오고 밥도둑이 따로 없다.

이태 전 소록도를 방문한 청주 사는 아동문학 동인 부부가 집에 왔다. 마침 동짓날이라서 팥죽과 함께 그 김치를 내놓았더니 처음 먹었지만 정말 잊지 못할 맛이었다고 만날 때마다 말했다. 풋고추 김치를 한 번 먹어 본 사람은 그 맛과 매력에 푹 빠진다.

풋고추 김치를 먹을 때마다 하늘나라로 가신 엄마와 한밤중 골목 달음박질의 추억이 새롭다.

풀잎을 닮은
생선

오랜만에 풀치를 살짝 구워 먹기 좋은 크기로 잘랐다. 간장, 고춧가루, 마늘, 참기름을 넣고 살살 버무렸다. 그릇에 담고 깨를 솔솔 뿌렸다.

풀치는 갈치 새끼로 우리 고향에서는 엮어서 말리면 풀잎처럼 늘어진다고 해서 풀치라 부른다. 풀치는 싱싱한 것도 맛있지만 반건조된 것이 더 깊은 맛이 나고 게미*가 있다. 예부터 이 풀치를 숯불에 정성스레 구워 밑반찬으로 먹으면 바싹 말린 껍데기와 양념 맛이 어울려 짭짤한 것이 밥도둑이 따로 없다.

그림책을 출간했던 출판사 대표의 초대로 사무실로 갔다. 차를

---

*게미: 남도 음식의 깊고 진한 감칠맛을 뜻하는 방언.

마시면서 내가 사는 고흥 이야기가 자연스럽게 나왔다. 그는 남도 음식 중에서도 풀치의 게미 진 깊은 맛을 잊지 못한다고 했다. 고향이 혹시 바닷가인지 물었다. 내 예상은 빗나갔다. 그는 간 고등어로 유명한 내륙 안동이었다. 그런 사람이 풀치의 게미를 알다니 새삼 놀라웠다. 풀치 찌개와 풀치 조림을 생각하면 지금도 입안에 침이 가득 고인다는 그는 맛난 걸 맘껏 먹을 수 있는 곳에 사는 내가 부럽다고 했다. 그의 부러움을 받은 나는 유년부터 먹었던 풀치 예찬론을 펼쳤다.

어부였던 아버지 덕분에 태어나 음식을 먹기 시작하면서부터 생선을 먹어 온 나는 비릿한 생선이 없으면 밥을 먹는 것 같지 않다. 생선이 없으면 하다못해 멸치라도 먹는다. 그중에서도 풀치 호박국과 등을 갈라 말린 풀치 조림을 좋아한다. 사람들은 갈치보다 작은 풀치를 먹을 게 없다고들 한다. 그것도 생선을 몰라서 하는 말이다. 나는 워낙 어릴 때부터 먹어서인지 뼈째 입에 넣어 혀와 앞니로 발라 먹는다.

아버지는 풀치가 잘 잡히는 여름이면 몇 상자씩 집에 가져왔다. 반짝반짝 은빛이 나는 싱싱한 풀치를 엄마와 아버지는 그중에서 크기별로 나누어 아주 작은 풀치는 소금을 버무리어 큰 항아리에 젓갈을 가득 담고, 토실한 풀치는 끈에 엮어 말렸다가 숯불에 구워 먹는다. 골목에서 정신없이 놀다가도 그 고소한 냄새가 나면 단숨에 집으로 돌아왔다.

여름이면 풋 호박을 듬성듬성 썰어서 뜨물을 붓고 끓이고, 가을
에는 누렇게 익은 호박을 넣고 지지면 또 다른 밥도둑이었다. 풀치
젓갈은 익으면 풋고추 송송 썰어 넣고 갖은양념으로 버무려 상추
쌈이나 찐 호박잎을 싸 먹으면 또 다른 풀치의 진미였다. 풀치 맛
이 계절마다 색다르다. 머리와 가운데 토막도 맛있지만, 꼬리는 씹
을수록 고소하다. 머리에 배인 양념을 음미하며 발라먹는 재미가
입안에 감돌아 매콤달콤하고 고소한 맛을 더해준다.

뭐니 뭐니해도 살랑거리는 짭조름한 간기가 배인 바닷바람에
말린 풀치는 염기가 스며들어 소화가 잘되기 때문에 사시사철 부
담을 느끼지 않고 먹을 수 있다. 어느 음식 전문가의 말을 빌리자
면 가시를 발라 먹으려면 식사 시간이 길어지니, 소화가 잘되고 비
만과는 거리가 먼 음식이어서 다이어트에도 그만이다고 한다. 풀
치와 음식 궁합이 잘 맞는 오이소박이나 잘 익은 부추김치를 곁
들여 먹으면 씹을수록 고소하고 개운해서 조림 하나만으로도 밥
을 먹을 수 있다.

갈치는 형태가 칼과 같이 생겼다는 데서 유래되었으며 몸이 길
고 납작해 대도어(大刀魚)라고도 불린다. 필수아미노산이 풍부하고,
비타민B6, 비타민B1의 함량이 높고, 좋은 콜레스테롤이 들어있어
혈관을 튼튼히 하는 데 도움을 준다니 심근경색을 앓은 내게 꼭 필
요한 생선이다. 고기 맛이 달고 성질이 따뜻하고 살이 부드러워 지

방이 적절히 들어있으며, 필수아미노산 라이신이 풍부해 성장기 어린이의 발육에도 좋다. 칼슘과 인, 나트륨과 비타민A가 많아서 골다공증 예방에 좋고, 눈 건강 강화에도 좋다는 갈치는 남녀노소 누구나 먹으면 건강을 지킬 수 있겠다.

대부분 사람은 '갈치'와 '풀치'는 어종이 다른 생선으로 믿는다. 고향이 바닷가라도 풀치는 갈치 새끼가 아니라며 입씨름하는 광경도 더러 있었다. 갈치나 풀치는 같은 어종이다. 10리 밖으로 도망간 밥맛도 돌아오고, 잠자던 입맛도 일어난다는 풀치는 영양가가 풍부하고 고소한 맛을 지니고 있다. 옛말에 갈치와 풀치는 품안에 넣었다 먹어도 맛있다는 말은 별다른 양념이 필요하지 않은 특별한 맛을 지녔다는 뜻이다.

꼬들꼬들하게 마른 풀치만 봐도 군침이 도는 밥도둑 계의 새로운 스타라 해도 과하지 않을 것이다. 발라먹은 재미와 고소한 맛에 취해 '과연 별미구나!' 소리가 절로 나올 풀치를 더 많이 먹고 건강해야겠다.

특별한
복달음

　날씨가 말복 시위라도 하듯이 다른 날보다 찜통 속 같다. 오늘따라 전화 통화가 되는 사람마다 더워서 죽겠다면서도 복달음으로 삼계탕을 먹었다고 했다.

　요즘처럼 잘 먹고 사는데 꼭 복달음까지 해야 하는지. 예전이야 날씨가 더우면 에너지 소모와 기가 빠진다고 하여 기를 보충하느라 복날이면 삼계탕을 먹었지만, 지금은 마음만 먹으면 평소에도 얼마든지 먹을 수 있는 음식이 넘쳐난다. 남들은 말복이라고 보양식을 먹었다고 자랑 전화까지 하는데 난 무얼 먹을까 잠시 고민을 하다가 불현듯 생각난 게 있어서 냉동고 문을 열었다.

　지난가을 우리 농장에서 따온 대봉감이 한꺼번에 홍시가 되었다. 주변 지인들에게 다 나누어 주고도 미처 다 먹지 못해서 하나씩 포장하여 냉동고에 보관했다. 우리 감은 홍시가 되면 유독 다른 감보다 달아서 한 번 먹어 본 사람은 그 맛을 기억했다.

꽁꽁 언 홍시를 식탁에 내놓았더니 30분도 채 안 되어 찻숟가락으로 떠먹기 좋게 녹았다. 입안에 떠 넣은 순간 달콤하게 사르르 녹아드는 것이 천연 홍시 아이스크림처럼 색다른 맛이었다. 삼복 무더위 속에 홍시를 먹은 사람이 나 말고 누가 또 있을까 싶어서 삼계탕 먹었다고 자랑하는 친구에게 '말복에 먹는 보양식'이란 제목으로 사진 찍어 보냈다. 친구는 바로 답장을 보내왔다.

"지금 보낸 사진이 오늘 네가 먹은 홍시라고? 말도 안 돼. 지난해 감을 지금까지 보관했다고? 와! 맛있겠다. 다 먹지 말고 맛보여 줘."

"홍시가 홍시 맛이지 무슨 맛, 바보!"

홍시 맛이 몹시 궁금해하는 그에게 꼭 남겨놓겠다고 약속했다.

감나무는 주로 한국, 중국, 일본에서 재배되며, 예전과 달리 품종이 참 많다. 감 타닌이 풍부한 떫은맛은 감을 많이 먹으면 변비를 일으킬 수 있다. 유난히 감을 좋아한 내가 간혹 변비에 잘 걸리는 이유이기도 하다. 감나무는 가장 오래된 역사를 가진 과수이며 생감, 곶감, 홍시, 칠시, 장아찌, 감식초, 수정과 등 예로부터 식생활에 많이 이용되고 있으며 제사에 꼭 필요한 과실이다. 집 뜰 안에 심어 봄에는 꽃을 보고 그 꽃을 먹기도 하며, 여름에는 시원한 그늘을 즐기며 겨울에는 열매를 따서 먹어 온 대표적인 정원 과수이다. 또 감나무에는 새가 집을 짓지 않고, 벌레가 생기지 않으며,

그늘을 만들어주고, 수명이 오래가며, 단풍이 아름답고, 낙엽은 거름에 좋고, 열매의 맛이 뛰어난 감나무의 일곱 가지 미덕을 조상들은 칭찬했다.

수분이 83% 정도로 다른 과일에 비해 적지만 당분이 14% 이상으로 많다. 또 대부분 포도당과 과당이어서 소화가 잘되고, 유기산인 구연산과 사과산, 칼슘, 인 등 몸에 좋은 성분이 많다. 곶감 또한 당분과 비타민A 효과를 나타내는 카로틴이 많아 질병에 대한 저항성을 높이며 피부 탄력에 좋고 비타민C도 귤의 2배, 사과보다 6배나 더 많다. 나무에서 자연으로 익은 홍시는 매우 달고 감기를 예방하고 피부를 탄력, 건강을 유지해주며 노화를 억제하는 효능이 있다.

집 뒤꼍에 큰 감나무가 있던 우리 집은 큰 항아리에 잘 익은 감을 넣어두고 깊은 겨울밤이면 온 식구가 따끈한 아랫목 둘러앉아서 홍시를 쪽쪽 빨아먹었다. 가족 중 누군가 설사를 할 때마다 우리 할머니는 홍시를 먹여서 거짓말처럼 낫게 했다.

며칠 후, 여름 홍시를 먹으러 온 친구는 홍시 서너 개를 순식간에 먹었다. 다른 사람은 감히 상상도 못 할 여름 홍시를 맛나게 먹었다며 그는 얼린 홍시 홍보대사가 되었다.

세상이 좋아져 한여름까지 보관할 수 있는 냉장고 덕분에 일 년 중 가장 더운 삼복(三伏)에 얼음이 아작아작 씹히는 홍시 맛은 오직 먹어 본 사람만이 알리오.

여름 별미
우무 콩국

조부모님 기일을 하루 앞둔 날 고향에 오일장이 열렸다. 아침 일찍 언니가 장에서 우무를 사 왔다. 엄마와 나는 아침밥을 마다하고 어제 삶아서 만들어 놓은 콩 국물에 우무채를 넣고 큰 사발로 가득 담아서 폭풍 흡입으로 뚝딱했다. 친정엄마는 생선과 비빔밥과 각종 쌈 채소, 하물며 찬물을 싫어하는 것까지 꼭 나랑 닮았다. "언제 묵어도 질리지 않고 정말 맛있다. 혼자 먹을 때보다 너랑 함께 먹으니 맛이 더 좋다."라고 했다. 곁에서 찬물에 밥을 말아 먹는 언니는 자매라도 식성이 완전히 다르다.

지난해부터 친정에서 엄마와 사는 언니는 엄마가 좋아한다며 여름이며 우무를 넉넉하게 만들었다. 결혼 후 몇십 년 동안 다른 지방에서 살았던 언니는 생선보다는 닭고기나 돼지고기 등 육류를 좋아한다. 처음에는 엄마와 음식이 맞질 않아서 둘이 살면서도 서로 좋아하는 음식을 따로 하는 번거로움도 있었다고 언니가 웃으며 이야기했다. 워낙 말수가 적은 언니는 그런 고충이 있었는데도 우리에게는 한마디 한 적이 없었다. 그 이야기를 듣고 나니 많이 미안했다.

몇 해 전만 해도 엄마는 봄이면 우뭇가사리를 채취해 두었다. 여름이면 우무를 만들어 이웃들과 나누어 먹고 우리에게 싫증이 나도록 먹게 주었다. 할머니 생일 때나, 우리 세 아이 돌잔치 때에도 우무를 넣어 만든 호박 묵과 팥묵을 만들어주기도 했다. 엄마 음식 솜씨는 인근에서 모르는 사람이 없을 정도로 깔끔하고 맛에 게미가 있었다.

유년에 엄마를 따라 썰물 때에는 우뭇가사리를 뜨러 다녔다. 우뭇가사리가 어디에 좋은지 무슨 성분이 있는지도 모른 채 식용으로 먹는 해조류로만 알았던 우뭇가사리를 검색했다. 우뭇가사리 과에 속하는 홍조류의 해조류다. 바닷말의 일종으로 주로 한천의 주원료로 이용되는 바닷말을 가리킨다. 여러해살이 해조류로서 여름의 번식기가 지나면 본체의 상부는 녹아 없어지고 하부만 남아 있다가 다음 해 봄에 다시 새싹이 자라난다. 동해안과 남해안, 서해의 바깥 도서에 분포하나 동해 남부 연안의 것이 품질도 좋고 가장 많이 생산된다. 바닷속 20~30m 깊이의 바위에 붙어 해수의 소통이 잘되는 곳에서 잘 자란다. 아직 양식법이 개발되지 않아서 갯 닦기로 잡조(雜藻)를 제거하고, 큰 바위의 투석(投石), 암반 폭파 등의 방법으로 번식 면적을 확대하는 방법을 쓰고 있다. 갯마을 사람들은 가을에 공동으로 긴 장대 끝에 납작한 쇠붙이가 달린 연장으로 갯 닦기를 하였는데, 요즘은 인력 부족으로 하지 않고 있다.

5월이면 바다에서 건져 올린 우뭇가사리를 민물에 깨끗이 씻어 햇볕에 사흘 이상 말린 다음, 걸쭉하게 끓여서 찌꺼기를 걸러내고 식히면 우무가 된다. 말랑말랑한 우무를 매콤한 양념에 무치고, 채를 썰어 콩물에 말아내면 우무 국수와 시원한 청량음료가 된다. 몸에 좋고 맛 좋은 우뭇가사리에 대해 모르던 부분을 새삼 알게 되었다. 한천의 원료로 쓰이는 우뭇가사리는 칼륨과 식이섬유소가 풍부하고 열량 자체도 낮아서 참살이 식품으로 좋다고 한다.

고향에서 먹은 우무 콩국으로 힘을 얻었으니, 서울로 돌아가서 맡은 일 열심히 하고 다음 여름에도 엄마와 함께 먹을 수 있기를 소망한다.

잘피밭의
추억

　내가 정말 좋아하는 붕장어탕을 남편이 가져왔다. 모임에서 먹은 장어탕이 너무 맛있어서 내 생각이 나서 샀다고 했다. 무심한 척하면서도 내가 생각났던 모양이다. 고마워서 바로 먹으니 오빠들과 함께했던 여름밤 잘피밭이 떠올랐다.

　긴 여름 햇볕이 꼬리를 감추자 우리 집 마당에는 쑥 향기가 가득했다. 모기에게 헌혈을 맡아 놓은 우리 할머니에게 징징거렸다. "할무니, 밥 묵고 나서 피우면 안 돼요? 눈이 매워 죽겠어요." "모기가 문 것보다 나으니 쪼깨 참아라잉."
　할머니와 나는 여름이 끝나도록 저녁마다 실랑이했다.
　그런 모깃불에서 벗어나기 위해 밤낚시를 가는 오빠들을 따라가려고 기를 썼다. "갯지렁이 파오면 데려갈게."라는 오빠들의 말에 바닷물이 빠지기가 바쁘게 집 앞 갱번(바닷가 방언)에서 땀을 뻘뻘 흘리며 갯지렁이를 팠다. 설마, 힘든 걸 시키면 따라가지 않겠지 하고 꾸민 오빠들의 수작은 여지없이 빗나갔다. "다음에도 갯지렁이 파오면 나 데려갈 거지? 헤헤." 거리며 미리 선수를 쳤다.

6월 말부터 7월이면 일 년 중 붕장어가 맛이 제일 좋다. 붕장어 서식지는 연안 조류가 세지 않은 해초나 모래밭 주변이다. 야행성으로 해가 지기 시작할 무렵부터 주로 밤에 먹이 활동을 한다.

붕장어 낚시하러 가는 날은 이른 저녁을 먹었다. 집 앞 선창에 매어 둔 작은 전마선을 타고 우리 두 오빠, 아랫집, 옆집 오빠 등이 함께 갔다. 잘피가 우거진 바다에 도착하면 다들 자리를 잡고 앉아서 낚싯줄을 바다에 내렸다. 내 자리는 판자를 잇대어 만든 고물이어서 편안하고 안전했다. 무엇보다 노 젓는 큰 오빠가 옆에 있어서 좋았다. 안 데리고 가려고 갯지렁이를 파게 했으면서도 낚싯바늘에 미끼를 끼워주고 낚싯줄이 엉키면 풀어주었다. 나는 붕장어가 입질할 때마다 좋아서 소리치면, 붕장어가 다 도망간다고 조용히 하라고 했다.

"너, 자꾸 소리 지르면 다음부터는 안 데려온다."

덴마(전마선) 주인인 아랫집 오빠가 으름장을 놓았다. 알았다고 해놓고 미끌미끌한 붕장어를 까닥 잘못하여 놓치면 아쉬워 또 소리를 질렀다. 그때마다 큰 오빠는 내 입을 틀어막았다. 거의 다 올라온 붕장어를 자주 놓치면 계속 쫑알거리는 나를 아랫집 오빠가 들어서 바다로 던졌다. 바닷물에 빠져서도 헤헤거리며 덕분에 시원하다고 너스레를 떨었다. 그런 나를 보고 다들 신나게 웃었다. 헤엄을 두 번째 가라면 서러울 정도로 잘한다는 걸 알고 장난쳤다. 큰오빠는 손을 잡아 올려주면서 "자꾸 그러면 진짜 못 오게 한다. 조용히 고기나 낚아라."라고 하면 "다 올려놓고 놓치면 아까워서 그라제." 쫑알거리며 대꾸했다.

말 수 없는 작은오빠는 그저 낚시에만 열중하다가도 고기를 놓치고 아쉬워하는 내 양동이에 살며시 붕장어를 넣어주었다. 다들 "오빠 값하느라 애쓴다."라며 놀렸다. 그들도 낚시하다 더우면 바닷물에 뛰어 들어가 더위를 식혔다.

양동이 가득 붕장어를 낚아서 집으로 돌아오면 엄마는 그때까지 우리를 기다렸다. 지금처럼 냉장고가 없으니 애써 잡아 온 게 상할까 봐 희미한 등불 아래서 큰오빠랑 붕장어를 손질했다. 미끈거리는 붕장어는 까칠한 호박잎으로 문지르면 손질하기가 훨씬 수월했다. 구이용은 납작하게 손질하여 대발에 넣고, 내장만 꺼낸 찌개용은 통으로 새끼손가락 넓이로 잘랐다. 늦은 밤이지만 엄마는 화덕에 솥을 걸고 된장을 풀고 손질한 붕장어를 넣어서 한소끔 끓여 놓고 잠을 잤다.

낚시를 다녀와 피곤한 나는 늦잠을 자다가도 고소한 붕장어국 냄새에 누가 깨우지 않아도 벌떡 일어났다. 저녁에 한소끔 끓여 놓은 국물에 약 오른 빨간 풋고추와 마늘을 찧어 넣고 파만 송송 썰어 넣은 붕장어국은 입에 짝짝 달라붙었다. 아무 채소도 넣지 않고 오직 붕장어만으로 마당 화덕에서 끓이는 국 냄새는 돌담 너머 이웃집까지 냄새를 풍겼다. 엄마는 이웃집 할머니들에게 한 양푼씩 퍼다 주고도 우리 열 식구가 먹고 남았다. 여름 반나절 햇볕에 말린 붕장어는 석쇠에 구워서 양념장에 찍어 먹기도 하고, 쌀뜨물에 넣어 끓이면 또 다른 별미 장어탕이 되었다.

그렇게 붕장어 밤낚시를 함께 했던 우리 오빠들과 아랫집 오빠는 몇 해 사이 앞다투어 하늘나라로 떠났다. 어쩌면 만나서 낚시를 하고 있을지 모르겠다. 여름이면 붕장어국을 잊지 못해 끓이지만, 그때 그 맛이 나지 않는다. 오빠들과 함께했던 시절 물 반, 고기 반이었던 잘피밭, 그 여름밤이 아주 그립다.

아버지 탄생
100주년을 기리며

이른 아침 스마트폰 알람이 딩동! 하고 울렸다. 새해 들어 입력해둔 친정아버지 생일 알람이었다. 꽃들의 향연으로 봄이 농익어 가는 오늘은 다른 생일과 달리 아버지가 태어난 지 꼭 100년이 되는 날이다. 1920년 4월 17일, 음력은 이월 스무아흐레이다. 아버지는 하늘로 소풍을 떠난 지 어언 37년이란 세월이 흘렀다. 딸과 사위가 출근한 후 손자를 재워놓고 아버지가 누워있는 남쪽을 향해 절을 올렸다.

고향에 있으면 아버지가 좋아하는 음식을 싸 들고 한달음에 묘소로 갔을 것이다. 지난해부터 손자를 돌보느라 서울에 있지만, 코로나19로 인하여 외출이 자유롭지 못한 이유가 더 크다.

퇴근하는 딸이 선견지명이 있었는지 숙주나물을 사 왔다. 아버지가 생전에 좋아하던 걸 나도 나이가 드는지 부드러운 숙주나물이 참 좋다. 삶은 숙주나물을 무치면서 더 간절하게 아버지가 보고 싶어 간을 보다 목이 메었다.

아버지는 밥상에 콩나물이 오르면 아기처럼 뽀로통한 얼굴로 상 가장자리로 슬그머니 그릇을 밀쳤다. 반면 숙주나물이 상위에 오른 날이면 얼굴에 미소가 가득했다. 다른 음식은 별 타박 없는데 유독 콩나물에만 예민했다. 그래서 아버지가 집에 오는 날에는 꼭 밥상에 숙주나물이 올랐다.

명절에도 방 윗목에는 콩나물시루와 숙주나물 단지가 나란히 놓였다. 콩나물을 좋아했던 나는 그런 아버지를 이해하지 못했다.

"아부지, 왜 숙주나물만 좋아하세요? 콩나물이 더 고소하고 맛있는데."

"그래? 아부지도 예전에는 좋아했는디…."라고 말끝을 흐린 아버지의 마음을 꽤 오랜 시간이 지난 후에 알았다.

일제 강점기 강제노역으로 끌려간 일본 탄광에서 하루 중 잠은 겨우 서너 시간만 자고 지하 막장에서 석탄을 캐야 했다. 감시와 구타하기 일쑤인 일본 감시자들은 다른 사람이 잘못했는데 단체로 얼굴을 심하게 구타했다. 그 후 치아가 흔들리고 아팠지만, 언감생심(焉敢生心) 병원에서 치료를 받는다는 건 꿈도 못 꾸고 도저히 참을 수 없는 아픔에 강제로 치아를 빼고 말았다.

치료 시기를 놓친 치아는 평생 아버지를 힘들게 했다. 딱딱하거나 질긴 건 전혀 먹질 못했다. 음식조차 맘대로 먹지 못하는 마음이 오죽했을지 지금 생각해도 정말 철없던 딸이었다. 연하고 부드러워서 잘 씹을 수 있는 숙주나물을 좋아했던 아버지에게 너무너무 미안하고 죄송했다.

육십 평생을 바다에서 고기 잡은 어부였다. 일 년이면 집에 오는 날은 손가락으로 꼽고 명절에도 물때가 맞아야 왔다. 늘 바다에서 생활하니 치과에서 이를 치료하는 게 정말 어려웠을 것이다.

오랜만에 고향에 오는 날, 부두에 내리며 친구들과 가까운 지인들은 어쩌다 만난 사람 좋은 아버지와 반갑다며 막걸리를 마시며 오랜 회포를 풀었다. 그래서 집에 오는 길은 항상 비틀걸음으로 오기 일쑤였다.

다음 날 학교에서 만난 짓궂은 아이들은 나를 보자마자 비틀거리며 아버지를 흉내 냈다.

"야, 어제 니그 아부지 오셨제? 이렇게 걸어가시더라. 히히."

"그래도 맛난 생선은 많이 묵었제?"

놀리는 아이들이 밉고 화가 났지만 대답도 못 하고 죄지은 것처럼 얼굴이 빨갛게 달아올랐다. 어린 마음에 너무 창피하여 아버지가 정말 싫고 바닷바람에 그을린 까만 얼굴에다 바다 냄새가 나는 아버지가 부끄럽기까지 했다. 아니 아버지를 이해하지 못했다. '왜 우리 아버지는 하필 고기 잡은 어부일까?' 농협에서 근무하는 혜경이 아버지, 경찰인 복심이 아버지, 우리 학교 교감 선생님인 선숙이 아버지가 정말 부러웠다.

그런 말을 듣는 날이면 제비처럼 재잘거리던 내 입은 굳게 자물쇠가 채워졌다. 집안일로 바쁜 엄마는 관심도 없지만, 동생이 태어나면서 자연스레 품에 안고 지내던 할머니는 여느 날과 다른 나를 금방 알아보고 품으로 끌어당겼다.

"우리 강아지, 학교에서 뭔 일 있었냐? 어째 골이 났을까잉?"

따뜻한 할머니 말에 서럽게 울며, "아버지는 다른 일도 많은데 왜 배를 타? 흑흑."

"니그 아부지가 그러고 싶어서 그런 게 아니여. 일본 놈들 세상에 태어나 다들 힘들게 살잖애. 농사지은 것 다 빼앗고, 우리글과 말도 못 하게 하고, 이름도 일본 이름으로 바꾸라고 해서 높은 학교도 갈 수가 없었다. 어디 그뿐이냐, 하다못해 놋그릇까지 다 가져갔어. 식량이 없어서 봄이면 쑥과 나물을 뜯어 먹고, 소나무 송기(속껍질)를 먹고 근근이 살았다. 더구나 직업을 가져야 할 때 일본으로 끌려가 몇 년을 죽다 살아왔잖아. 네 아비도 그런 일을 하고 싶어서 할까, 시대가 그렇게 만든 거지. 이 할미도 거친 바다에서 뿌리 없는 나무를 타고 있는 니 아비 걱정이 태산이란다."라며 울먹이는 할머니는 품 안으로 더 세게 안고 등을 토닥거려주었다. 나는 그런 할머니의 긴말도 귀에 들어오지 않았다. 아니, 듣고 싶지 않았다.

어느 날, 학교에 다녀오는 길에 생선이 가득 든 상자를 들고 오는 아버지가 보였다. 반가운 마음에 뛰어가려다 우리 반 아이들이 보여서 남의 집 뒤란으로 얼른 숨었다. 하지만 그날 저녁 밥상에 올라온 노릇노릇 구운 튼실한 갈치구이를 망설이지 않고 젓가락은 입으로 쉼 없이 오고 갔다. 그렇게 잘 먹은 모습을 흐뭇하게 바라보며 미소 띤 아버지에게 조금은 미안했다.

아버지는 배의 중심부인 기계를 다루는 기관장이었다. 바다에 그물을 내리고 다들 쉬는 동안에도 우리가 좋아하는 갈치를 낚아서 갈치 젓갈을 담았다. 가족이 좋아하는 아귀를 언 손을 불면서 다듬어 해풍에 말렸다가 큰 나무 둥치만큼 집에 가져오면 우리 가족은 물론이고 친척과 이웃들까지 넉넉하게 나누어 먹었다.

엄마는 통통한 살이 담백하고 비린내도 없고 가시가 억세지도 않은 아귀를 제일 좋아했다. 오죽하면 당신 제사상에 아귀만 차리면 된다고 했다. 요즘은 귀물이 된 아귀를 아버지의 사랑으로 실컷 먹었던 그 맛을 어찌 잊겠는가.

부모를 선택할 여지가 없었던 아버지는 가난과 무지를 스스로 선택한 것이 아니라는 걸 내가 자식을 기르면서 알게 되었다. 어쩔 수 없는 것들은 어찌할 수 없는 것이다. 그것은 누구의 잘못도 부끄러움도 창피함도 아니다. 어부라는 직업이 변변치 않은 직업이 절대 아님을 너무나 늦게 깨달았다. 하지만 우리 아버지는 그땐 이미 이 세상에 계시지 않았다.

　어느덧 내가 아버지 생전 나이가 지났다. 나를 움직이는 원동력은 부모님이다. 자신들이 부족한 만큼 사랑을 채워 돌봐주었고, 물질적 지원보다 심적 응원으로 뒷받침해준 아버지, 정말 존경하고 사랑합니다.

기적이여,
일어나라!

    대다수 국민이 통곡하는 여객선 세월호 사건이 일어난 지 며칠째다. 애타게 기다리는 생존자가 아직 한 명도 없다. 사고가 있던 날부터 잠을 설치며 누군가 살아있기를 소망하며 기다리는데 시간은 속절없이 흘러갔다.

    사고현장을 지켜보는 가슴은 눈물과 한숨으로 가득 차올랐다. 안타깝지만 그들을 위해 할 수 있는 건 고작 울어주고 모두 무사히 살아있는 기적을 바라는 수밖에. 태풍도 없고 바다도 잔잔한데 배가 침몰하다니 말도 안 되는 사고였다.

    지난 4월 16일 오전 8시 50분쯤 꿈같은 일이 일어났다. 아침을 먹고 가족들이 출근한 후 느긋한 마음으로 커피를 한잔 내렸다. 새벽에 읽다 둔 동화책을 펼치면서 켜둔 텔레비전을 끄려는데 화면에 "긴급 속보 여객선 침몰 중"이란 붉은 자막이 떴다. 얼른 책을 접어두고 다른 채널을 돌렸다. 그곳 말고는 평소대로 정규방송 중으로 정확한 보도를 전하는 곳은 없었다. 오보(誤報)이길 바랐다. 하지만 몇 분이 지나기 전 인천에서 제주로 가던 여객선 세월호가 전남 진도 앞 맹골수도에서 침몰한다는 속보를 앞다투어 보도했다. 순간 제발 모두 무사하길 마음졸이며 두 손을 모았다.

아! 맹골수도라면 물살이 빠르고 엄청나게 센 곳 아니던가. 유년부터 어부였던 아버지에게 너무 자주 들어서 익히 알고 있었다. 그곳을 지나가려면 물살이 덜 빠른 시간대와 물이 동동 떠 있는 조금, 즉 소조기 때가 제일 좋다고 했다. 그곳에서 사고가 났다면 큰 사고일 것이다. 모든 방송국의 정규방송이 중지되고 사고 현장을 실시간 중계했다. 그때부터 텔레비전에서 눈을 뗄 수가 없었다. 언론에서 처음 방송할 때부터 배는 이미 많이 기울여 있었다. 저런 상태라면 큰 사고라는 걸 직감했다.

얼마 후 우리나라 최대 여객선 세월호는 생선 꼬리처럼 뱃머리만 조금 남긴 채 허무하게 바닷속으로 자취를 감추었다. 온몸에 힘이 빠지고 가슴이 콩닥콩닥 사시나무처럼 떨렸다. 그 사건을 보면서 다시는 기억하고 싶지 않은 오래전 일이 떠올랐기 때문이다.

초등학교 4학년 때, 아버지는 여름이면 한두 달은 고기를 잡지 않고 배를 수리했다. 마침 방학이라서 아버지 작업복을 가지고 농사일로 바쁜 엄마를 대신하여 여수로 가는 배를 탔다. 나무로 지은 작은 여객선은 아침에 나로도를 출발하여 여수를 갔다가 저녁이면 되돌아왔다.

연안(沿岸)에는 잔잔하고 조용하던 바다가 육지를 벗어나자 집채만 한 큰 파도가 밀려왔다. 배가 순식간에 뒤뚱거렸다. 선원들이 급히 들어와 모두에게 허름한 구명조끼를 내주며 입으라고 했다. 나는 잔뜩 겁에 지려서 구명조끼를 받아 든 손이 덜덜 떨렸다. 그걸 본 옆자리의 아줌마가 얼른 입혀 주었다.

여수로 가는 도중에 있는 보돌바다는 평소에도 파도가 조금 거세지만 갑자기 산더미처럼 밀려드는 파도 앞에 선원들과 손님들의 얼굴에 당황한 기색이 역력했다. 1시간 30여 분이면 통과할 수 있는 거리를 집채만 한 파도에 휩쓸린 배는 앞으로 나아가지도 뒤로 되돌아갈 수도 없는 진퇴양난의 긴박한 순간이었다.

선실 안 사람들은 배가 흔들이는 방향에 따라 이편에서 저편으로 뒹굴었다. 사람들은 여기저기서 아우성이 치고 멀미하는 사람들이 속출했다. 급기야 위급함을 안 여객선 사무장과 승무원들은 밖에서 양쪽 출입문에 판자를 열십자로 대고 못을 박았다. 탕탕탕! 내려치는 망치 소리에 나는 옷 보따리에 얼굴을 묻고 소리죽여 울었다. 출입문을 막은 것은 만약의 경우에 배가 침몰하면 시신이라도 찾겠다는 수단이었다. 옆 동네 아주머니가 어른들 사이에서 웅크리고 우는 나를 품속으로 와락 끌어당겼다. 그리고 내 귀에 대고 "무서워 마라. 괜찮다."라고 안심시키는 아주머니도 무섭고 겁 난 지 그의 품속에서 들리던 쿵쾅 소리가 지금도 생생하다.

선장과 기관장 그리고 대여섯 명 승무원의 피나는 노력으로 몇 시간의 사투 끝에 무사히 여수항에 도착했다. 올 시각이 한참 지난 후에야 물을 잔뜩 뒤집어쓴 여객선이 부두에 닿자마자 객실로 뛰어든 아버지는 내 이름을 애타게 불렀다. 울먹이는 날 보자마자 꼭 끌어안았다. "우리 딸 얼마나 무서웠냐, 이제 괜찮다."라며 등을 쓰다듬었다. 그런 후 얼른 업고 성큼성큼 배를 빠져나왔다. "아부지, 옷 보따리 가져가야제. 아부지 옷!" 아버지는 내 말은 듣는 척도 않고 안전한 곳에 날 내려놓고 다시 선실에서 옷 보따리를 챙겨왔다.

그날 이후 한동안 악몽을 꾸며 배를 타지 못했다. 하지만 섬에서는 뭍으로 나가려면 배를 꼭 타야 했다. 가족의 응원으로 조금씩 잊고 여객선을 다시 탔지만, 세월호 같은 사고를 접하면 그때의 기억으로 몹시 힘들었다. 섬이 고향인 관계로 어릴 때부터 수많은 해상 사고를 접했다. 비행기도 마찬가지겠지만, 선박도 사고가 나면 대형 사고로 이어진다.

지금은 시대가 달라져 여객선은 최첨단 시설에 장비를 갖추지 않았던가. 태풍도 폭풍도 아니고 망망대해도 아닌 육지 가까운 연안에서 그것도 밤도 아닌 밝은 시간에 말도 안 되는 사건이다. 침몰 원인도 이해할 수 없지만 476명의 승객을 버리고 자신들만 살겠다고 승무원끼리 연락하여 제일 먼저 구조된 선장과 기관장의 몰염치한 행동에 너무 충격적이고 분노가 치밀었다. 직접 배를 몰았던 항해사와 책임자들은 안전 수칙도 안 지키는 사람으로서 아니 수많은 사람의 안전을 책임지는 승무원이 되면 안 되는 사람들이었다.

사망자는 자꾸 늘어가고 생존자는 사고 이후 단 한 사람도 없다. 안타까운 시간은 자꾸 흐르고 애가 탄다. 사고를 당한 사람들과 일면식도 없지만 비통하고 애잔하여 손에 일이 잡히지 않고 마음만 동동거렸다. 부디 기적이 일어나 생존자가 구조되길 바라는 간절한 소망이 이루어졌으면 좋겠다.

성북동
반나절 기행

하늘이 유난히 높고 고운 날. 김치만 넣은 김밥을 둘둘 말아서 배낭에 넣고 집을 나섰다. 기약 없는 발걸음을 지하철역으로 향하다 문득 성북동이 떠올랐다. 스마트폰으로 가는 길을 검색했다. 달뜬 기분으로 지하철을 타고 성북동에 도착했다. 먼저 만해 한용운 시인의 집인 심우장으로 갔다.

큰길가에는 만해 한용운 시인 동상과 '님의 침묵' 시비가 있었다. 이정표를 따라서 만해의 산책 공원으로 이어지는 언덕배기 골목길에는 태극기가 가을바람에 나부끼고 있었다.

좁은 길을 오르자 심우장 간판이 눈에 띄었다. 마침 마당에는 많은 사람이 있었다. 어떤 공연이든지 가리지 않은 난 웬 횡재인가 싶어서 얼른 구석진 곳에 한 자리 차지했다. 잠시 후 행사 요

원이 팸플릿을 건네주었다. '심우'란 뮤지컬이었다. 뮤지컬 '심우'
는 9월 27일부터 10월 11일 사이 토요일 늦은 2시. 심우 장에서
열리고 있었다.

드디어 막이 올라 "임은 갔습니다. 아, 아! 사랑하는 나의 임은
갔습니다."라는 대사가 심우장 마당을 울렸다. 일제 강점기로 인
하여 사회가 몹시 우울하고 어두웠던 때, 만해 한용운의 임을 잃은
슬픔을 기리는 가녀린 여배우의 몸짓과 곡조에 관람객들은 숨죽
이며 지켜보았다. 가을이라지만 아직 한낮에 쏟아지는 강한 햇볕
에도 공연자와 관람객은 하나가 되어 웃고 울었다.

뮤지컬 '심우' 주인공인 한용운은 독립운동 동지였던 김동삼을
교도소에서 잃은 슬픔과 독립을 향한 기개를 그의 어린 딸의 시선
으로 그려냈다. 시인이자 독립운동가인 만해는 일본의 조선총독
부와 마주하지 않겠다며 집을 북향으로 지을 정도로 꼬장꼬장한
투사였음을 심우장을 둘러보면서 여실히 느꼈다.

그가 말년을 보낸 심우장에서 한용운의 일대기를 담은 공연으
로 성북문화재단이 '2014 성북 진경 페스티벌' 행사의 하나로 기
획한 뮤지컬이었다. 숱한 고생을 하면서 나라를 지켜낸 독립운동
가들이 아니었으며 어쩔 뻔했는가.

지난 6월 첫 공연 이래 관객들의 호평을 받으며, 매주 토요일마
다 공연을 이어오고 있다. 특히 실재 인물과 역사적 사실을 바탕
으로 한 공연인 만큼 역사 문화 교육적 가치도 크다는 것이 관람

자들의 말이었다.

공연이 끝난 후 만난 관계자는 "뮤지컬 심우는 성북동에서 말년을 보낸 한용운 선생과 성북에 연고를 둔 성북문화재단 입주단체 극단 '더늠'이 창조한 성북동 지역 문화콘텐츠"라고 말했다. 그리고 "사람들에게 외면받기 마련인 지역 문화콘텐츠를 성공적으로 재창조한 우수 사례로 주목받고 있으며 앞으로도 성북동 역사문화지구의 대표 콘텐츠로 자리매김할 것"이라고 했다.

관람객과 공연자들이 자리를 떠난 후, 처음 방문한 심우장을 두루 살폈다. 심우장(尋牛莊)은 한용운이 1933년부터 1944년까지 말년을 보내다가 세상을 떠난 곳이다. 대지의 동쪽으로 난 대문을 들어서면 왼편인 남쪽에 한옥으로 지은 심우장이 북향으로 서 있고, 대문 맞은편에는 벽돌 단층으로 지은 관리인 주택이 심우장과 직교하며 동향으로 서 있다.

한용운이 쓰던 방에는 한용운의 글씨, 연구논문집, 옥중공판기록 등이 그대로 보존되어 있으며, 심우장의 이름처럼 인간의 본성에 대한 소박한 명상이 가능하다. 마당에는 성북구에서 아름다운 나무로 지정한 소나무와 향나무가 있으며 한쪽에 올레 여행(역사문화여행) 스탬프가 있는 우체통이 있었다.

만해 한용운은 충청남도 홍성 출신으로 본관은 청주, 본명은 정옥이다. 용운(龍雲)은 법명이며, 만해(萬海, 卍海)는 아호이다. 만해는 1919년 승려 백용성(白龍城) 등과 불교계를 대표하여 독립선언 발기인 33인 중의 한 분으로 참가하여 '3·1 독립선언문'의 공약 3장을 집필한 것은 많은 사람이 알고 있다. 처음 설악산 오세암에 입산하여 승려가 되었다가, 시베리아와 만주를 순력(巡歷)한 후 28세에 다시 설악산 백담사로 출가하여 정식으로 승려가 되었다. 그는 1910년에는 불교의 변혁을 주장하는 조선불교 유신론을 지었고, 1926년에는 근대 한국시의 기념비적 작품인 '님의 침묵'을 펴냈다. 그 후 민족운동단체인 신간회에 가담하였으며, 1931년에는 조선불교 청년동맹을 결성하였다.

성북동은 원래 성 밖 마을 북장골로 한적한 동네였다. 만해는 3·1 운동으로 3년 옥고를 치르고 나와 성북동 골짜기 셋방에서 어려운 생활을 하고 있었다. 그때 승려 벽산(碧山) 김적음이 자신의 초당을 지으려고 준비한 땅 52평을 내어주자 조선일보사 사장 방응모 등 몇몇 유지들의 도움으로 땅을 더 사서 집을 짓고 '심우장'이라고 했다. 원래 '심우장(尋牛莊)'이란 명칭은 선종(禪宗)의 '깨달음'의 경지에 이르는 과정을 잃어버린 소를 찾는 것에 비유한 열 가지 수행 단계 중 하나인 '자기의 본성인 소를 찾는다'는 심우(尋牛)에서 유래한 것이라고 했다.

심우장을 나와서 뒷담을 끼고 있는 미로 같은 좁은 골목을 둘러보았다. 이웃 간에 팔만 뻗으면 무엇이든지 건네받을 수 있는 곳이다. 옛 정취가 묻어나는 북정마을의 소박한 가을 길을 걸으며 모처럼 느림보가 되었다.

비탈진 길을 벗어나 다시 초입에 있는 만해 한용운 동상과 시비를 꼼꼼히 살피고 둘러보았다. 낯선 이방인이 반가운 듯 코스모스가 살살거렸다. 성북동 반나절 기행에서 만해를 기리다, 여우 꼬리만 한 해를 등지고 발걸음을 재촉했다.

고고한 백련차
향기

　기온이 올해 들어 최고 높다. 이럴 때 차가운 물보다 이열치열이라고 따뜻한 물을 마실까 아니면 커피를 내릴지 잠시 고민하다가 문득 찻장에 눈이 갔다. 지난봄 고향 갔을 때 그곳에 사는 친구가 선물로 준 백련차가 보였다.

　친구 L은 지금이 한창 바쁠 때이다. 그는 연꽃과 연잎으로 차를 만든다. 연꽃이 피고 연잎이 무성한 때 1년 중 가장 바쁜 여름에 고향엘 가면 친구 얼굴 보기가 별 따기만큼 힘들다.

　친구 부부는 도시에서 살다가 연꽃을 좋아하고 연꽃만을 연구하며 연꽃 향기에 취해서 고집 센 농부가 되었다. 남들은 여름이면 시원한 곳을 찾아서 여행 다닐 때 그 부부는 연밭에서 시간을 다투는 좋은 차 재료를 채취하느라 구슬땀을 쏟는다. 그는 백련차가 완성되기까지 힘든 공력으로 만들어진 차를 덥석 손에 안겨주었다.

한 해면 서너 번 삼성동 코엑스와 인사동에서 우리 전통 차 알리는 행사에 참여해주는 성의에 대한 보답이란다. 고향 친구가 서울에 왔는데 얼굴 보러 가는 건 당연한 일이거늘 그는 바쁜 일을 제치고 얼굴을 보여주는 게 고마웠던 모양이다.

딸 넷에 막내인 친구는 지금 친정을 지키고 산다. 막내로 자라서 언니들이 무엇이든 다 해주어, 세수할 때나 손에 물을 묻혔던 친구가 시골에서 생활하기가 정말 힘들었다고 했다. 정말 농사는 아무나 짓나, 그 말은 농촌 생활은 아무나 하나로 바꾸고 싶다고 했던 친구. 늦잠도 못자고, 남들이 밭에서 일하는 것 못 본 척도 못 하고, 외출도 마음대로 할 수 없었다며 처음에는 힘들어 우울증 증세까지 보였다고 했다. 거기다 연꽃차가 있기까지 많은 어려움이 있었고, 연꽃 연구에 몰두하느라 경제적으로 어려움도 많았다고 했다.

고지식한 남편 뜻 받들고, 친구 하나 없는 고향에서 마음고생 하며 사는 친구와 나는 전화 통화를 하면 짧게는 한 시간, 길게는 서너 시간은 보통이었다. 특별한 이야기가 아니라도 긴 시간 수다를 떨고도 우린 늘 전화를 끊을 때마다 아쉬워한다.

난 고향 소식을 들을 수 있어서 좋고, 친구가 마음에 담은 이야기를 털어놓으며 들어주는 내가 있어서 늘 고맙다고 했다. 그렇게 우리는 서로 작은 배려를 마음에 담고 언제 어느 때 연락을 해도 애틋하다.

백련차를 즐겨 마시기 시작한 것은 친구네가 차를 생산하고부터다. 차를 마시며 여름날 활짝 핀 연꽃 향기를 음미한다. 향기로운 건강을 지켜준다는 '바이오 굴바라'는 친구네 상호이며 나로 우주센터 가는 길목인 내 나라도 연꽃 향기 마을로 지정된 청정지역에 있다.

그가 알려준 백련차를 맛있게 우려 마시는 법을 간단히 소개하면, 차를 우려 마실 수 있는 그릇을 준비한다. 가능하면 맑은 색을 감상할 수 있는 백자나 유리그릇이 좋으며 차를 마시는 사람에 따라서 적당한 양 즉, 한 사람이 마실 수 있는 백련차 한 티스푼 정도의 분량을 그릇에 넣는다. 그리고 끓인 물을 바로 위에서 고루 부어 주면 노란 찻물이 우러난다. 이렇게 6~7회까지 우려 마시면 색깔은 연해지지만 여러 번 우릴수록 단맛이 난다.

그의 남편은 백련차에 대해서는 박학 박식하다. 이 차는 외국의 어떤 차와 겨누어도 손색이 없는 향, 맛, 그리고 눈으로 즐기는 색을 가지고 있다고 자부한다. 더구나 백련차는 친구네가 처음 개발한 차로 남편은 전라남도의 지식인으로 선정되었다.

"백련차를 마시면 마음이 고와질 것이며, 활력소가 생기니 좋은 글 많이 창작하여 독자에게 사랑받아라."

친구가 했던 말이 어제 들은 것처럼 귀에 생생하다. 그가 얼마나 힘들게 만드는지 다 알기에 백련차를 아껴 마신다.

그들 부부의 혼과 정성이 가득한 백련차를 우려 마시며 그늘에서 감히 덥다고 하면 안 될 것 같다. 지금 이 시각에도 연밭에서 백련을 채취하느라 덥다고 투정도 못 부리고 구슬땀을 흘리고 있을 내 친구 파이팅!

주례도
여성 시대

최근 남성 주례를 사양하는 예비부부가 늘어나고 있다는 신문 기사가 눈에 띄었다. 여성에게 주례를 부탁하거나 아예 주례 없이 결혼식을 하기도 한다는 것이다.

그 기사를 읽으면서 몇 해 전 친구 아들 결혼식에서 있었던 일이 떠올랐다. 식이 시작되자 나이 지긋한 여성이 주례 자리에 섰다. 가끔 여성이 주례한다는 이야기는 들었지만, 실제 보는 건 처음이었다. 더구나 혼주의 일가는 시골에서 참석한 사람들이라서 다들 입 밖으로 표현은 하지 않았지만, '웬 여자가 주례?' 하면서 다들 마땅찮은 표정이었다.

나 또한 처음 보는 광경에 귀를 쫑긋 세우고, 여성 주례는 어떻게 하는지 지켜보았다. 얼굴엔 환한 미소를 머금고. 엄마처럼 때로는 언니나 누나처럼 남성들이 미처 알지 못한 결혼생활의 이모저

모를 짚어주는 간결하면서도 유쾌한 주례사였다. 식이 끝나자마자 하객들의 손뼉 치는 소리가 천둥소리처럼 들렸다.

서울의 한 웨딩홀 이사로 재직 중인 H는 지난해 한 예비부부의 결혼 상담을 하다가 신부의 부탁을 받고 처음 주례를 맡았다. 처음엔 극구 사양했을 정도로 어색하고 불편했던 자리가 어느덧 50회를 넘어서 다음 주례가 55회째라고 했다. H는 결혼식마다 다른 주례사를 하고 있으며 예식 중간에는 양가 부모끼리 포옹을 하게 하는 등 색다른 장면을 연출하는 것으로 유명해지면서 여성 주례로는 최고라고 소문이 났다. 특히 주례하고 받은 사례비를 보육원 등에 기부하는 선행을 한다고 했다.

예비부부들은 남성 주례가 대체로 딱딱하고 지루하다는 평이 많아서 여성 주례를 선택하며, 그 이유는 밝고 경쾌한 목소리로 주례하는 모습을 보고 너도나도 결혼식 주례를 맡아 달라고 부탁한다는 것이다. 신랑보다 신부 쪽에서 여성 주례를 원하는 경우가 많은데, 아무래도 같은 여성으로서 직장 생활을 먼저 해보고, 육아나 며느리 생활 선배인 여성에게 주례를 맡기는 것이 더 도움이 되기 때문일 것이다. 여성 대통령이 나오는 등 최근 우리나라 여성의 지위가 높아지고 결혼에서도 신부의 결정권이 커졌기 때문에 주례에 대한 인식도 달라진 것 같다.

여성 주례는 종교인이나 사회단체 인사들이 많이 맡는 편이며, 최근엔 여성 국회의원의 주례가 늘고 있다.

요즘은 주례 없는 결혼식도 낯설지 않은 풍경이 됐다. 최근 많은 부부가 지루한 주례사를 사양하고, 양가 어른들의 축사와 성혼선언 등으로 결혼식을 치르고 있다. 주례 대신 부친에게 축사를, 장인에게 성혼 선언을 부탁한다는 것이다. 이렇게 여성 주례와 주례 없는 결혼식에 대한 중·노년층의 인식도 바뀌는 추세로 처음엔 여성 주례에 당황스러웠지만, 남성의 주례가 당연시되었던 우리 사회 결혼 문화가 정말 많이 바뀌고 있다.

예전 친구네 주례를 맡았던 여성 주례사를 우연히 다시 만나 지금은 호형호제하면서 잘 지내고 있다. 그녀는 당시 신랑 어머니의 간곡한 부탁으로 첫 주례를 엉겁결에 섰다. 지금 생각하니 특별한 경험으로 기억에 오래 남으며 당시 참석했던 지인들이 자녀의 주례를 맡아달라고 하지만, 한 번으로 충분하여 모두 거절했다.

이젠 틀에 박힌 주례사보다 부드럽고 밝은 여성 주례를 선호하는 이유가 무엇인지 주례를 맡은 남성들에게도 편견을 깨고 좋은 경쟁자로 함께 성장하길 빌어본다.

단오장(端午粧)과
화장 풍속

국립민속박물관 소식지가 배달되었다. 이 소식지에서 우리 민속에 관한 매우 유익한 정보를 알고 얻는다. 이번에는 단오장과 화장 풍속에 대한 G 화장박물관 L 학예연구사의 글이 실렸다.

매년 봄과 여름의 경계가 되는 시기가 되면 갑자기 찾아오는 더위에 사람들은 늘 당혹스럽다. 해가 거듭될수록 점점 그 경계가 모호해졌다. 길에서 마주치는 여성들을 보면서 여름이 이미 성큼 다가와 있음을 알게 된다.

얇고 가벼워진 옷차림과 화려한 색의 장신구로 단장한 여성들이야말로 계절이 바뀌었음을 알려주는 상징과 같은 존재이다. 이렇게 여성의 단장으로 계절의 변화를 느끼는 것은 오늘날의 일만이 아니고, 외부 활동에 제한이 있었던 전통사회에서도 여성들은 계절이 바뀌는 단오(端午) 음력 5월 5일을 즈음하여 자신을 가꾸는

데 많은 공을 들였다고 한다.

단오는 조선 시대 4대 명절에 속할 만큼 다양한 세시 행사가 열렸던 날이다. 이날은 자유로운 외출 기회를 얻은 여인들은 세시 행사 참여와 바깥세상으로의 나들이를 위해 정성을 다해 준비했다.

이런 꾸밈을 단오장(端午粧)이라 하며, 맵시 있게 꾸미기 위해 단오빔을 준비하고 아침이슬을 받아 곱게 화장도 했다. 또한 창포를 삶은 물에 감은 머리는 반질반질 윤이 났으면 창포 뿌리로 만든 비녀는 훌륭한 장식품이 되었다.

고운 빛깔의 새 옷으로 갈아입고 길을 나선 여인들의 머리마다 은은한 향이 나는 창포 비녀가 상상하고, 바람에 치맛자락을 휘날리며 그네를 타고 하늘 높이 오르는 모습은 화가 신윤복의 "단오 풍정"을 보면 그때의 느낌을 알 수 있다. 그는 해학적으로 그린 조선 후기 대표적인 화가다. 당시의 풍속을 과감한 형태와 구성, 섬세한 필선과 아름다운 색감으로 유려하게 묘사하였다. 주로 한량과 기녀를 중심으로 한 애정과 낭만, 양반사회의 풍류를 다루면서 조선 후기 변화하는 생활상과 멋을 생생하게 표현하고 있다.

유년, 우리 집 뒤란 감나무 아래는 창포가 참 많았다. 단오가 다가와 노란, 보라 창포꽃이 피면 어느 꽃동산 부럽지 않았다. 초등학교, 꽃 당번 때에는 새벽부터 할머니가 창포꽃으로 만들어준 꽃부리를 우리 교실 교탁에 꽂았다. 선생님과 아이들은 정말 예쁘다고 했다.

단오에는 할머니가 삶아 놓은 창포물에 머리를 감고, 올이 가는 참빗으로 곱게 빗어 쪽을 찐 할머니 손을 잡고 화전놀이를 갔었다. 이렇게 단오장은 연인들의 화장 풍속에서 화장 문화로 이어져 오는 동안 많은 발전과 변화를 했다는 걸 새삼 알았다.

통 큰 어른과
착한 아이

아이들 수업을 마치고 집으로 오는 버스를 탔다. 아직 이른 퇴근 시간이라 버스 안은 한산했다. 자리를 잡아 앉자마자 스마트폰을 꺼냈다. 몇 정거장 지나 모 백화점 앞 정류소에서 머리가 하얀 할아버지가 탔다. 얼른 일어나 자리를 권했다. 그는 서 있는 게 편하다며 굳이 사양했다. 나이가 팔십은 넘어 보이는 할아버지는 버스 손잡이에 몸을 맡긴 채 창밖으로 시선을 돌리고 있었다.

버스가 몇 정류장을 지나자 하교 시간인지 고등학생들이 우르르 탔다. 스마트폰으로 친구와 카톡을 한창 주고받는데 별안간 뒤쪽에서 "조용히 못 하니?"라는 큰 소리가 들렸다. 버스 안 승객들의 시선이 일제히 그곳으로 쏠렸다. 나도 덩달아 돌아보니 여고생 두 명이 마주 보면서 손가락을 입에 대고 서로에게 조용히 하자는 모습을 보였다. 그것도 잠시, 다시 그 학생들의 이야기 소리가 크게 들렸다. 또다시 조용히 못 해! 여기가 너희 안방인 줄 아느냐, 공중도덕도 모르느냐는 호통 소리가 나는 곳을 바라보니 아까 내가 자리를 양보할 때 사양하던 그 할아버지다. 아이들은 조용하더니 또다시 큰 소리로 이야기를 주고받았다. 할아버지는 여전히 조용히 하라는 소리를 하고, 아이들은 주춤하다가 또 어느 사이 큰소리를 하면서 다람쥐 쳇바퀴 돌듯이 계속 되풀이되었다. 내 앞자리 남학생이 그 광경을 지켜보더니 작은 소리로 "와! 통 큰 할아버지네."라며 씩 웃었다.

그렇다. 요즘 아이들에게 훈계나 잘못을 지적하다가 나는 큰 봉변을 당할 뻔했다. 오래전, 내가 살던 아파트 공원으로 저녁 산책을 나왔다. 그곳에서 중학생으로 보이는 남학생 세 명이 모여서 줄담배를 태우고 있었다. 교복을 입고, 책가방까지 있는 걸 보면 아마 학교가 끝나고 학원을 다녀온 길인 것 같았다.

나는 겁 없이 다가가 "애들아, 이곳은 공원이라서 흡연 금지구역이고, 너희 아직 담배 피울 나이가 아닌 것 같다."라고 훈계를 하고 말았다. 그러자 한 아이가 "이 아줌마 뭐야, 에잇! 더럽게 재수 없네." 하면서 째려보았다. 난 너무 어이가 없어서 말문이 막혀버렸다.

그때 마침 경찰 순찰차가 다가왔다. 나는 그때다 싶어서 "나도 말하기 싫은데 우리나라 미래를 생각하고, 또 너희 지금 한창 자라는 나이인데 건강 해칠까 봐 걱정되어서 하는 말인데 어디서 어른한테 말대꾸냐."고 했다. 그러자 돌아온 답은 "아줌마, 자식이나 잘 살펴요. 정말 왕짜증."이라며 자리를 떴다. 집으로 돌아와 남편과 아이들에게 그 이야길 했더니 "엄마는 요즘 아이들이 얼마나 무서운데 그런 훈계를 했느냐며 오늘 엄마 재수 좋은 줄 알라고 했다." 그런 일이 있고부터는 눈에 거슬리는 아이들의 행동을 봐도 눈을 감아버린다.

야단치는 할아버지도 대단하지만. 요즘 아이들답잖게 아무 대꾸도 하지 않은 그 여고생들도 대단했다. 세상이 아무리 변하여 어른이 어른 행세를 할 수 없다고 하지만, 분명 어른이 있고 버릇없는 아이가 많다고 하지만, 착한 아이들이 더 많다는 걸 체험하는 기분 좋은 날이었다.

남편의
의자

온라인으로 수강하는 한 매체에서 참 의미 있는 글 한 편을 읽었다. '남편의 의자'란 제목의 글 내용을 옮기자면 이렇다.

아이들이 초등학교 다닐 때였다. 남편은 늘 귀가가 늦었으며, 어쩌다 집에 있을 때도 식탁이나 소파에 앉아서 텔레비전을 보거나 신문을 읽었다. 아이들은 자기 방으로 들어가서 공부하거나 놀 수 있었지만, 남편은 느긋하게 한자리에 앉아 있지 못하고 서성거렸다.

간혹 아이들 방을 기웃거리다 잔소리도 하고, 별일 아닌 일에 성질을 부렸다. 그러는 남편이 너무 못마땅해서 제발 가만히 좀 있으라면서 짜증을 냈다. 아내가 그러자 아이들도 아빠에게 대꾸하고 함부로 대하는 것 같았다. 어떻게 하면 남편을 바꿀 수 있을까 싶어 부탁도 하고, 잔소리했지만 아무 소용이 없었다. 그럴수록 남편은 밖으로 겉돌거나 화를 자주 냈으며, 아이들도 아빠를 싫어했다. 남편이 집에 있을 때는 분위기가 말이 아니었다.

이렇게 집 안에서 자신이 있을 곳을 잃은 남편이 딱한 아내는 도저히 이대로는 안 되겠다 싶어 곰곰이 생각하다가, 남편이 집안에서 편히 쉴 수 있게 해주자는 생각이 들었다. 우선 남편만이 앉을 수 있는 좋은 의자 하나를 마련했다. 그 의자에는 남편이 있든 없든 누구도 앉지 못하게 했다. 처음에는 그 의자에 앉는 것을 남편도 어색해하였고, 아이들과 방문하는 사람들도 모두 이상하게 생각했지만, 아랑곳하지 않고 그 원칙을 지켰다.

얼마 지나지 않아 그 효과가 나타났다. 가장 먼저 남편이 달라졌다. 가장으로서 권위를 인정받는 것 같아서 그런지 남편의 마음이 너그러워졌다. 다른 가족에게 간섭하거나 짜증을 내는 일이 사라졌다. 부부싸움도 없어졌고, 특히 아내를 존중하고 인정해주었다. 아이들이나 다른 사람들로부터 든든한 울타리가 되어주었다. 아이들도 달라졌다. 아빠를 함부로 대하지 않았다. 맛있는 음식이 있으면 아빠부터 챙겼다. 또한, 아이들끼리 싸우는 일도 없어졌다. 누가 시키거나 잔소리를 하지 않았는데도 각자 할 일을 해서 부모의 기대대로 훌륭하게 잘 자라주었다.

지금도 그 의자는 집안에 그대로 있고, 앞으로도 변함없이 그 자리에 있을 것이다. 더욱 놀라운 일은 딸도 결혼 후에는 엄마처럼 멋진 남편의 의자를 만들어주겠다'라고 했다는 것이다.

나는 그 글을 읽는 내내 깊은 감명과 깨달음을 받았다. 그리고 반성도 했다. 요즘처럼 남편의 위치가 흔들리는 상황에서 가장의 권위를 지켜준 그 아내가 얼마나 지혜롭게 보였는지 모른다.

자녀 육 남매가 모두 미국 아이비리그 명문대학의 박사학위를 취득한 후 미국 주류사회에서 훌륭하게 활동하도록 잘 키운 전혜성 박사의 자녀교육 방법이 생각났다. 미국에서 태어나고 자라는 자녀에게 남편의 유교적인 가치관으로 가르치는 방식이 너무나 못마땅해서 남편과 많은 갈등을 겪었다. 그럴수록 아이들과 아빠의 관계가 점점 더 나빠졌다.

전 박사는 '남편을 바꾸는 것보다 아이들을 바로 가르치는 게 더 현명하다.'는 생각이 들었다고 했다. 그래서 남편의 말에 아이들이 반발하면 일단 "아빠 말씀이 옳다."면서 남편을 지지한 후, 아이들이 이해하기 쉽도록 남편의 말을 보완해서 설명해주었다고 한다. 그러자 아이들은 엄마의 말을 이해하고 아빠의 말을 받아들였다.

이렇게 하면서 남편의 권위를 존중하자 남편도 자신을 존중해주고 더욱 도와주었다. 아이들도 아빠에게 순종하면서 아빠와의 관계가 매우 좋아졌다. 전 박사는 "자녀를 잘 키우고 싶다면 먼저 남편이 아빠의 역할을 잘 할 수 있도록 권위를 존중하라. 서로 존중하는 부부가 부모로 성공한다."고 했다.

대학에서 청소년 교육학을 전공할 때 교수님, 아들이든 딸이든 상관없이 어릴 적 아버지와 맺은 애착 관계가 성인이 되었을 때 그대로 드러난다고 말했다. 이만큼 아버지와 자녀가 좋은 관계를 맺는 것은 중요하다는 것이다. 특히 엄마는 자녀에게 신과 같은 존재란다. 엄마가 무시하는 사람을 자녀도 무시하고, 엄마가 존중하는 사람을 자녀도 존중한다고 한다. 그래서 자녀를 훌륭하게 키우고 싶다면 아버지인 남편의 권위를 인정하고 존중해야 한다. 그렇게 남편 권위는 아내가 세우는 거라고 한다. 그러면 남편도 아내의 권위를 인정하고 존중해주며, 부부가 서로 존중하고 인정할 때 자녀도 부모를 존경하고 따라준다고 했다.

이 글을 통해 부모가 서로 존중하는 모습은 자녀에게 얼마나 큰 영향을 미치는지 더 자세히 알았다. 질서가 무너지고 가치관이 흔들리는 세상이라도 가장의 권위가 있는 가정에서는 자녀가 올바로 자랄 수 있다는 것이다. 시대가 변했다 해도 가정의 질서를 회복하는 것이 가장 중요한 기본이며, 그 기본은 배우자의 권위를 인정하고 존중하는 것에서 출발한다.

주춧돌 하나에 건물의 안전이 좌우되듯, 남편의 의자가 가정의 질서를 바로 세우는 시작인 걸 왜 세상 모든 아내가 모르겠는가. 하지만, 남편도 나름이고 아내도 나름이라는 친구 L이 생각난다. 그의 남편은 나이를 먹을수록 더 가부장적이고 고집이 더 세서 황혼이혼을 하고 싶다고 했다. 정작 결혼 초부터 남편을 그렇

게 만든 건 자신이라며 후회 아닌 후회를 하는 그가 참 아내가 아
닌가 싶다.

가끔은 미운 남편의 흉을 딸에게 털어놓았던 나 자신을 돌아보
면서 남편에게 조금 미안한 마음이 들었다. 아직도 우리 남편은 절
대권자에서 내려올 마음이 전혀 없으니 남편의 의자가 필요하지
않다. 그러니 이 기회에 '아내의 의자', 즉 근사한 내 의자 하나 만
들어 볼 생각이다. 그래도 가족을 위해 아직도 현장에서 건강하게
활동하는 그에게 이번 '부부의 날'에는 붉은 장미꽃 한 송이를 선
물해야겠다.

지구촌 전등 끄기(Earth Hour) 동참

전 세계에서 전개된 지구촌 전등 끄기 행사인 '어스 아워(Earth Hour, 지구촌 전등끄기)'에 나도 작게나마 세계 최대 국제 환경보호 캠페인에 동참했다. 저녁 9시부터 30여 분 동안 노트북과 텔레비전 등 집안 전등을 모두 껐다.

불을 끄자 처음에는 캄캄하여 다소 불편했다. 하지만 조금 지나자 이웃집 불빛과 가로등 불빛이 창문을 통하여 들어오자 집안 사물이 보이기 시작했다. 사람은 어떤 경우라도 환경에 적응하게 된다는 걸 실감했다. 창문을 열자 건너 관악산 위로 비행기가 반짝반짝 불을 밝히며 지났다. 불을 끄지 않았다면 볼 수 없는 장면이었다.

외출하고 돌아온 딸아이가 현관을 들어서며, "엄마, 전기 고장인가요? 다른 집들은 다 들어오던데." 조금 지나면 보인다며 불을 끈

이유를 설명했다. 우리 엄마 못 말려! 그래도 생각보다 어둡지 않다며 다소 불편했을 텐데 동참해준 딸아이가 대견했다.

'어스 아워'는 매년 3월 마지막 주 토요일 저녁 8시 30분부터 1시간 동안 불을 끄는 세계적인 환경 캠페인 행사이다. 지구온난화 주범인 탄산가스 배출에 대한 경각심을 불러일으키기 위해 2007년 호주 시드니에서부터 시작된 행사다. 현재까지 전 세계 7대륙 2013년 기준 154개국 7,000여 개가 넘는 도시가 참여하는 세계 최대 규모의 환경 운동 캠페인으로 손꼽히고 있다. 우리나라에도 2009년부터 어스 아워(Earth Hour) 한국사무소가 만들어져 어스 아워(Earth Hour) 캠페인이 진행되고 있다. 해가 지날수록 전국에서 천만 명 이상의 사람들이 참여하며 중앙정부 기관을 비롯해 전국 17개 시도에서 공공기관, 상징물 333개소, 공동주택 2백만 세대가 참여했다. 민간에서도 네이버, 삼성화재, 스타벅스, 조계사 등 기업체와 민간 건물 5천여 개소도 참여한다. 그 결과 전국적으로 공공건물에서만 약 4,128,000㎾의 전력 절감되고, 어린 소나무 629,640그루 식재 효과와 온실가스 1,749t 감축 효과를 봤다는 공식 집계되었다. 서울시도 23억 원의 전기절감 효과가 있다고 공식 보고되었으며, 따라서 전국 단위의 전기절감 효과도 공식보고보다 훨씬 큰 효과가 있었다고 했다.

여기에 동참하는 한 기업 매장은 그 시간대에 방문한 고객에게 포인트를 주고, 에코 활동을 통해 자연주의 제품 캠페인 활동에 적극적으로 앞장선다는 계획을 밝혔다.

유명 관광지도 예외 없이 동참한다. 시드니의 하버 브리지와 파리의 에펠탑, 샌프란시스코의 금문교, 로마의 콜로세움과 같은 국제적인 상징 건물들이 한날한시에 모두 전등을 껐다. 그 시각 그곳을 찾은 여행객은 다소 황당하고 불편할 수도 있었겠다.

남태평양에 작은 섬 사모아에서 소등의 파도가 지구 서쪽 끝까지 릴레이로 이건 상상 속이 아닌 실제 이야기가 되었다. 전 세계인이 모두 함께 공유하는 소중한 환경보호 캠페인은 전등을 끄는 행동뿐만 아니라 우리 지구를 살리고 지키기 위한 그 이상의 실천적 의미를 전달하고 독려하고자 하는 것이다.

불을 끈 30분 동안 조용히 눈을 감았다. 내 고향은 육지와 떨어진 섬이지만 일제 강점기부터 전기가 들어왔다가 자정이면 전기가 나갔다. 그래서 방학 때면 도시에 있는 고모 집에 가곤 했는데 환한 전깃불 밑에서 밤새워 책을 읽을 수 있어서 참 좋았다.

전기가 있어서 우리 삶이 편리한 만큼 또 다른 것을 잃어버릴 수 있다. 이제부터 불필요한 전기 코드를 빼고 한 달에 한 번쯤은 전등 끄기를 꼭 실천하고, 이웃과 지인들에게도 후손에게 아름다운 지구를 되돌려주는 전등 끄기에 적극적으로 동참하자고 해야겠다.

가을을 수놓은 동심

　독서를 지도하는 십여 명의 저학년 아이들과 보라매 공원에 다녀왔다. 키가 큰 은행나무는 작은 바람에도 노란 잎을 후두두 날렸다. 아이들은 저마다 은행잎을 잡으러 이리 뛰고 저리 뛰었다. 나중에는 데굴데굴 구르고, 머리에도 올리면서 헤헤거렸다.

　저소득 계층과 맞벌이 부모나 한부모, 조손 가정이 대부분인 아이들은 여행이나 나들이가 쉽지 않다. 그래서 아이들은 밖으로 나온 것만으로도 좋아했다. 그들이 내지르는 탄성으로 보라매 공원은 흔들리고 단풍잎이 우수수 떨어졌다. 함께한 공익 선생님이 아이들에게 "쉿!" 하며 조용히 하라고 주의를 줬지만, 좋아한 걸 말리고 싶지 않아서 얼른 공익 선생님께 그냥 두라고 손짓을 했다.

　모처럼 나온 아이들은 고삐 풀린 망아지처럼 뛰어다니기 바쁘다. 개구쟁이 H는 아홉 살답게 은행잎을 모아서 아이들에게 살금 살금 다가가 머리에 올렸다. 그걸 안 여자아이들은 뒤를 쫓아가 등을 후려쳤다. 등을 맞고도 히히거렸다. 사내 같은 아이도 예쁜 은행잎을 주워서 내게 내밀며 함박웃음을 지었다. 평소 말수가 적고, 얌전한 아이는 펄쩍펄쩍 뛰다가 예쁜 은행잎과 빨간 단풍잎을 하나둘 주우며 아이들 틈바구니에서 연신 깔깔거리며 노는 모습이 새삼 사랑스럽다.

그는 엄마와 단둘이 산다. 학교를 마치며 바로 센터로 와 프로그램 시간표에 따라서 수업에 참여하고 학교 숙제를 한다. 6시 저녁을 먹고 책가방을 메고 집으로 돌아간다. 엄마가 일을 마치고 오는 시간은 11시, 아이는 엄마 얼굴을 못 보고 혼자 잠든다. 엄마 얼굴 볼 수 있는 시간은 아침뿐이라고 했다. 토요일도 일을 나가는 엄마는 일요일에만 집에 있으며 아이는 함께 놀러 가고 싶지만, 엄마는 그동안 밀린 집안일로 피곤하다며 잠을 잘 때가 많다고 했다.

그런 아이가 물 만난 고기처럼 신이 났다. 빨갛게 달아오른 얼굴에는 땀이 범벅이다. 난 빨간 단풍잎을 주워서 아이 얼굴에 대었다. 그를 본 아이들은 단풍잎 색깔과 똑같다며 단풍잎을 저마다 얼굴에 주워다 올렸다. "쌤도 하나 드릴게요."라며 내게도 노란 은행잎 한 개를 손바닥 위에 올려주었다. 동심은 언제봐도 참 곱고 사랑스럽다.

산책 나온 사람들이 지나면서 힐끗거렸지만, 나는 모른 척 놔두었다. 때로는 아이들을 흐뭇하게 바라보는 사람들도 있었다. 그 사람들도 아이들의 처지를 안다면 이해하리라 믿었다. 천방지축인 아이들은 한동안 정신없이 가을과 동행하더니 어느 사이 하나둘 내 주위로 몰려들었다. "쌤! 목말라요." 한 아이가 말하자 너도나도 아이스크림을 사달라고 졸랐다. "조용히 질서 있게 센터까지 간다."는 조건을 걸었다. 그런 조건을 걸면 안 되는 줄 알면서도 어쩔 수 없었다. 그들의 안전을 위해서다.

센터 오는 길은 큰길을 두 개나 건너야 한다. 조금만 방심해도 큰 사고가 날 수 있는 곳이다. 무엇보다 장난이 심한 남자아이들에게 손가락을 걸고 손바닥 복사에 엄지로 도장까지 찍었다.

점점이 흰 구름이 떠 있는 가을 하늘이 비친 작은 연못을 지나, 갈대가 우거지고 관상용 사과가 빨갛게 익은 사과나무와 벚나무가 붉게 물든 단풍 길을 지나서 아이들과 손을 맞잡고 큰길을 무사히 건넜다. 약속대로 센터 가까운 곳에 있는 슈퍼에서 먹고 싶은 아이스크림이나 음료수를 고르게 했다. 아이들은 와! 함성을 지르며 입맛에 맞추어 하나씩 손에 들었다. 그리고 동심을 심어 놓은 보라매 공원을 향하여 손을 흔들며 가을을 배웅했다.

"독서 쌤! 다음에 또 데려가 주실 거죠?"

"그래 하는 것 보고."

아이들이 교실에서 책을 읽고 공부하는 것도 좋지만, 저마다 자연에서 가을을 맞고 있는 나무들을 본 의미 있는 날이었다. 구름 뒤에 숨었다가 고개를 내민 해처럼 아이들 얼굴이 환했다.

커피가 준
행복

아침마다 숟가락을 놓자마자 커피 마실 준비를 한다. 함께 아침을 먹고 출근 준비를 하던 딸아이가 "와! 우리 엄마 커피 광팬! 등극이요."라며 엄지를 세웠다. "난 인정!" 하며 딸에게 손가락으로 동그라미를 만들어 보였다.

처음부터 이렇게 커피를 좋아했던 건 아니다. 체중이 40㎏ 중반도 못 나갈 때는 불면증으로 감히 커피를 입에도 대지 못했다. 그러다 늦깎이 공부를 시작하면서 어린 학우들과 함께 커피를 한 모금에서 반 잔, 그렇게 조금씩 마시기 시작한 커피를 지금은 하루 두 잔씩 꼭꼭 마신다. '늦게 배운 도둑이 날 새는지 모른다.'는 말을 그대로 실천하고 있던 셈이다.

그것도 남들은 귀찮아 혼합 커피를 마신다고 하는데, 혼합 커피는 거의 마시지 않는다. 하지만 간혹 예외는 있다. 방문한 가게나 남의 집에서는 손님 대접한다고 내온 커피를 "혼합 커피는 안 마셔요."라고 내색 못 하고 그냥 마신다. 한 잔쯤이야 해로우면 얼마나 해롭겠는가. 그래서 우리 모두 그 함정에 빠져 있는 줄도 모른다.

우리 큰오빠는 커피를 사계절 다 찬물에 혼합 커피를 타서 마신다. 그것도 물 한 컵에 두 개씩 찻숟가락도 아닌 혼합 커피 빈 봉지로 휘휘 젓는다. 그렇게 하지 말라고 말리면, 내 입에 들어가는데 걱정하지 말라고 했다. 주위에는 이런 습관적인 사람들이 의외로 많다. 요즘 심심찮게 커피가 건강에 좋은지 나쁜지를 놓고 의견이 분분하다. 최근 여러 연구팀의 발표로는 커피는 우리 몸에 여러 가지 좋은 면이 있는 것으로 밝혀지고 있다. 하지만 이런 커피의 효과도 하루 한두 잔(400㎎)으로 적당량을 마셔야 나타나는 것으로 밝혀졌다.

건강 정보 사이트 '헬스 닷컴'이 커피의 장단점을 영양학자의 의견을 토대로 소개한 내용을 알아보았다. 항산화제가 풍부한 커피의 원두는 커피콩으로도 불리는 붉은 베리 씨다. 따라서 다른 딸기류처럼 항산화제가 풍부하게 들어있다. 항산화제는 활성산소에 의한 산화작용으로 우리 몸이 노화되고 손상되는 것을 막아주는 물질이라고 한다. 또, 당뇨병 위험 감소에도 도움이 된다는 연구 결과, 커피를 마시는 사람은 안 마시는 사람에 비해 당뇨병에 걸릴 위험이 67%나 줄어드는 것으로 나타났다. 물론 설탕이 들어가지 않은 블랙커피를 말한다. 하버드대학교 연구팀의 발표로는 커피를 마시는 경우 안 마실 때보다 남자는 당뇨병 위험이 50%, 여성은 30% 줄어드는 것으로 밝혀졌다.

커피를 마시는 사람은 대장암, 간경변증, 담석증, 유방암, 자궁내막암에 걸릴 위험이 낮아진다는 연구 결과가 있다. 또한 파킨슨병 발병 위험을 80%나 낮추며, 최근 커피에 많이 들어있는 카페인의 파생물에서 파킨슨병 치료제를 만드는 연구도 진행되고 있다. 무엇보다 노화 방지에 효과가 있다는 연구 결과에는 동물실험을 통해 카페인이 나이가 들면서 근육의 힘이 줄어드는 것을 보충하는 것으로 나타났다. 노화 방지와 근육의 힘을 보충한다니 더 자주 먹어도 될 것 같다. 호흡에 관여하는 횡격막과 코어 근육뿐만 아니라 골격근까지 영향을 준다. 또한, 카페인은 뇌 염증과 인지력 저하와 신경 변성 질환의 전구체를 막는 효과가 있는 것으로 조사됐다고 하니 커피가 참 소중하다.

카페인과 탄수화물을 동시에 섭취하면 운동으로 인하여 빠져나간 근육의 탄수화물 저장소를 빠르게 채워주고, 심한 운동 후 탄수화물 하나만 섭취했을 때보다 카페인과 같이 먹었을 때 근 글리코겐을 66%나 더 증가하고, 에너지 저장용량이 커지면서 운동을 더 심하고 오래 해도 견딜 수 있는 능력이 생긴다고 한다. 하지만 커피는 콜레스테롤 수치를 높일 수 있으며 하루에 많은 양의 커피를 마시면 심장병 위험을 높인다는 연구 결과도 있다. 나처럼 고혈압이 있는 사람은 카페인 섭취량을 제한해야 한다는 것이다. 소화불량증과 불면증이 있는 사람도 커피를 마시면 증세가 심해지고 과민해지거나 숙면할 수가 없다. 아무리 좋은 음식이라도 양면성이 있으니 먹지 않은 것이 좋으며 몸에 맞추어 먹는 지혜가 필요하다. 자신의 몸에 맞추어 먹는 지혜를 요구하는 커피임이 틀림없다.

부산 사는 친정 조카가 여름방학이라며 서울에 왔다. 그는 집에 들어서자마자 "고모! 이거요."라며 예쁘게 포장한 상자를 내밀었다. 그냥 오지 학생이 무슨 선물이냐며 받자마자 상자를 풀었다. 커피 향기가 코를 찔렀다. 휴대하여 간편하게 우려먹을 수 있는 원두커피였다. 그는 요즘 새로 나온 커피라고 했다. 근무하면서 간편하게 먹을 수 있는 거라고 했다. 외국어 대학을 다니며 유명한 S 커피 전문점에서 아르바이트하고 있다. 그래서 새로 나온 커피가 있으며 늘 고모가 생각난다며 보내준다. 기특하고 참 고마운 아이다.

요즘 난 커피 부자다. 며칠 전 베트남 출장에서 딸아이가 사다 준 커피, 조카 선물, 그리고 외국에 사는 딸아이 친구가 보내준 커피까지. 창고에 식량을 가득 쌓은 것처럼 행복하다. 무엇이든지 적당히 내 몸에 맞추어 먹으면 그게 보약이요. 행복이 아닌가 싶다.

감꽃 목걸이를
걸고

　햇볕을 쫓아 창문을 열었다. 유난히 반짝이는 연초록 감나뭇잎이 때맞추어 불어오는 바람에 잎 사이로 갓난아이 속살 같은 감꽃이 보였다. 아! 감꽃, 무심히 잊고 있던 아련한 그림자가 꿈틀거렸다.

　4층에서 1층까지 무엇에 홀린 것처럼 단숨에 뛰어 내려가 감나무 아래 섰다. 나무 아래는 미처 열매를 맺지 못하고 떨어진 감꽃이 뒹굴고 있었다. 갓 떨어진 감꽃 하나를 주워서 입으로 후후 불어서 입에 넣었다. 입안 가득 떨떠름하고 달짝지근한 맛은 그동안 잊고 있었던 지난 시간을 되돌렸다.

　내가 태어나기 전부터 우리 집 뒷밭 가에는 수십 년 된 큰 감나무 두 그루가 나란히 있었다. 할머니는 감나무에 연둣빛 새잎이 나오면 못자리 하고, 감꽃이 피면 모내기할 때라며 농사일을 서둘렀다. 이처럼 새싹과 꽃으로 자연의 섭리를 일찍 깨우친 선인들은 참 위대하다.

나른한 봄날, 학교를 마치고 집으로 돌아오면 어른들은 들과 바다로 나가고 집안은 텅 비었다. 먹을 것을 찾아보지만 궁핍했던 그때는 다들 어려운 형편이어서 집안을 샅샅이 뒤져도 먹을 게 보이질 않았다. 그럴 때는 감꽃을 주워 먹으러 감나무 아래로 달려갔다. 아침에 형제들이 하나 남김없이 주웠는데도 또 떨어져 있다. 부지런히 두 손으로 주워서 입에 가득 넣고 오물거렸다. 감꽃은 아무리 먹어도 물리지 않았다.

비타민C 성분이 많이 들어있는 감꽃을 할머니는 틈틈이 주워서 그늘에 말렸다. 우리가 설사를 할 때마다 다려 줬다. 그때마다 거짓말처럼 나았다.

봄이라지만 오후 햇볕은 한여름만큼 더웠다. 그럴 때마다 동네 아이들이 찾아든 곳은 우리 집 감나무 아래 그늘이었다. 시원한 그늘에서 소꿉놀이에는 감꽃을 밥 대신 먹고, 그것도 싫증이 나면 감나무 타고 오르기 시합을 했다.

해가 질 무렵이면 떨어진 감꽃을 치마 가득 주워서 집으로 가져와 실에 꿰어 감 꽃목걸이 만들어 못에 걸어두고 저녁에 숙제하다 출출하며 하나둘 따 먹었다. 꼼꼼하고 부지런한 언니의 감꽃 목걸이는 늘 내 차지였다.

여름방학이 시작될 무렵이면 감꽃은 어느덧 열매를 달았다. 밀물 때면 바다에서 헤엄치고 놀다가 지치면 떨어진 풋감을 주어다가 장독대 작은 단지에 물을 부어서 풋감을 우려먹으면 그만한 간식거리가 없었다. 가끔은 떫은맛이 덜 빠진 감을 먹다가 애써 만들어준 모시옷에 감물이 들었다. 그날은 어김없이 엄마와 골목 마라톤을 했다. 그깟 옷이 뭐라고 창피하게 야단치는 엄마가 정말 미웠다. 낮에는 밭일하고 늦은 밤에 호롱불 아래서 며칠 밤을 새우며 만들어 풀을 빳빳하게 먹이고, 숯불을 일어서 다림질까지 해서 입힌 하얀 모시옷에 감물을 들였으니 얼마나 미웠을지 이제는 짐작되었다.

가을이면 여름내 가려진 잎 사이에서 빨갛게 익어가는 우리 집 감나무에 열린 감은 동네 뭇사람들의 군침을 돌게 했다. 가을 운동회가 다가오면 할머니와 엄마는 튼실한 감을 항아리에 차곡차곡 담아서 따끈하게 데운 물을 감이 잠길 정도로 붓는다. 그 위에 아직 불씨가 남은 재를 넣은 후, 짚과 버드나무 가지를 함께 똬리를 틀어 덮는다. 안방 아랫목에 자리 잡은 항아리는 만 하루가 지나면 떫은맛은 간데없고 달고 아삭한 단감으로 변신했다. 우리 할머니는 '세상에서 떫은 감 우린 기술은 우리 큰며느리보다 잘한 사람은 없다.'며 엄지를 치켜세웠다. 엄마는 첫 우린 감을 이웃에게 맛보라며 함지박에 가득 담아 나누어 주었다. 나는 이때를 놓칠세라 치마에 감을 담아서 일부러 아이들이 지나다니는 길목으로 나갔다. 감을 하나씩 꺼내 먹고 있으면 어느 사이 동네 아이들이 뼹 둘러서서 입맛을 다시면서 감 하나 얻어먹겠다고 머리핀과 옷핀을 내밀었다. 참 철없고 암팡졌다.

감나무는 우리 가족에게 식량만큼이나 소중했다. 가끔은 이웃 동네 아저씨들이 하나도 남김없이 감 서리를 해갔다. 겨우내 손자, 손녀에게 먹일 감을 다 잃은 날은 감을 훔쳐 간 도둑을 잡아달라고 파출소에 신고하러 가는 할머니를 엄마는, 오죽하면 서리하겠느냐며 할머니 옷자락을 붙잡았다.

감꽃으로 배고픔을 달래주던 감나무는 수명이 다 되어 베어져 흔적도 없다. 감꽃으로 엮은 목걸이를 친구들에게 한껏 뽐내고, 여름날 특혜를 받지 못해 우리 집 감나무 그늘에서 놀 수 없었던 친구들아, 그때 철없이 굴어서 정말 미안하다.

감꽃 목걸이를 목에 걸고 거울을 보니 단발머리 암팡진 내가 그곳에 있었다.

조금 새끼

　우리 칠 남매 생일은 대부분 음력 그믐이 가까운 날이거나 초였다. 왜 우리 형제들은 생일이 다 비슷한 날일까? 어느 때부터 나는 궁금해졌다. 그러다 지난봄 언니 생일에 드디어 그 궁금증이 풀렸다.

　친정에 모인 네 모녀가 알배기 양태를 넣어 끓인 미역국을 맛나게 먹으면서, 언니의 귀빠진 날을 축하했다. 상을 물린 후, 엄마는 언니를 낳았던 60년도 훨씬 지난 이야기를 어제 일처럼 생생하게 말했다.

　어부였던 아버지는 엄마가 우리 칠 남매를 낳을 동안 한 번도 옆에 있어 주지 못했다. 이미 오래전 고인이 되신 아버지에게 아직도 그 서운함이 가시지 않았다며 눈물을 보였다. 여자의 인생에서 아기 낳을 때 남편에게 제일 호강 받는다는데 늘 혼자 아기를 낳는 엄마가 같은 여자로서 안쓰러웠다.

엄마 이야기를 듣고, 늘 궁금했던 우리 형제들이 그믐이 가깝거나 초에 태어난 생일에 관하여 물었다. 그러자 엄마는 쑥스러워하며 잘 모르겠다고 답을 회피했다. 동생과 언니도 형제들 생일을 기억하며 "와! 정말이다."라며 재미있어했다. 한참 후 엄마는 별것이다 궁금하다면서 마음에 묵혀 둔 이야기를 내놓았다.

쌍끌이 저인망 어선 기관장인 아버지가 조업을 마치고 소조기 일명 조금에나 육지로 돌아왔다. 그래서 조금 새끼라는 걸 엄마를 통하여 오랜 궁금증이 풀렸다. 긴 세월 가슴에 묵혀둔 이야기를 자식들 앞에서 하던 엄마는 딸년들이 별것 다 묻는다면서 쑥쓸하게 웃었다. 미처 생각지도 못한 물음에 당황스러웠을 것이고, 가슴에 맺힌 한을 건들어 아팠을 테니 난 참 나쁜 딸이었다.

나는 조금 새끼라서 득 본 게 있었다. 장손인 큰오빠 생일과 내 생일은 같은 달로 내 생일이 오빠보다 하루 먼저다. 우리 어렸을 때는 딸들의 생일에 그저 미역국이나 끓여서 먹었다. 하지만 장손인 오빠 생일은 잊지 않고 챙겼다.

나는 하루 밀렸지만, 오빠와 꼭 생일상을 같이 차려주었다. 생수수로 털어 만든 햇수수 시루떡과 가을 낙지와 생선을 넣어 끓인 미역국, 각종 나물과 햇찹쌀에 팥을 넣어 지은 차진 찰밥은 지금 생각해도 군침이 돈다. 앞날부터 준비하고 새벽부터 일어나 정갈하게 만든 음식들이 생일상에 차려졌다. 할머니는 미리 준비해둔 깨끗하게 손질한 볏짚 한 줌을 방 윗목 중앙에 깔았다. 엄마는 잘 닦은 상을 그 위에 올렸다. 새벽부터 목욕재계한 할머니는 외출복인 고운 빛깔 한복으로 갈아입고 상 앞에 두 무릎을 꿇었다. 삼신할머니께 오빠와 나의 무병과 인성이 좋은 아이로 잘 자라길 손바닥이 닳도록 빌고 또 빌었다. 철없던 때는 비손하는 할머니 뒤 곁에 앉아서 생일상에 차려진 음식이 먹고 싶어 침을 꼴딱꼴딱 삼키며 빨리 끝나길 기다렸다. 당시 첫 손녀를 병으로 잃은 할머니에게 손자 손녀들을 세상에 둘도 없는 소중한 보물 다루듯 했다.

결혼 후에도 내 생일은 여전히 친정에서 차려졌다. 할머니가 치매가 오고 난 후에 엄마가 생일상만 차려서 삼신할머니 앞에 놓았다. 생전에 할머니는 나와 큰오빠가 조금 새끼인 걸 아는지 모르는지, 오곡백과와 햇곡식이 풍성한 계절에 태어남을 늘 치하했다.

조금 새끼인 나와 생일이 같은 날인 동창이 여럿 있었다. 생일이면 전국에 흩어져 있는 우리는 서로 축하한다는 전화나 메시지를 주고받는다.

쌍끌이 저인망 선장인 둘째 작은아버지와 같은 배를 탈 때도 있었다. 아이러니하게도 한 해에 태어난 사촌과 나는 생일이 삼일 간격이다. 아들인 그가 먼저 태어나자 작은집 이웃이 우리 할머니에게 아이를 낳았다는 기별을 가져왔다. 그러자 할머니는 "며칠 후면 우리 큰 며느리도 해산하니 갈 수가 없다."라며 한마디로 거절했다. 그때 태어난 아이가 나였다. 지금도 할머니 기일에 참석한 작은엄마는 그때 서운했던 감정을 드러낸다. 내가 태어날 때만 해도 아들을 더 선호했다. 아들을 낳았는데도 딸 낳은 큰며느리를 더 생각하는 시어머니가 정말 서운하고 미웠을 것이다. 그때 함께 이삼일 간격으로 태어난 나와 사촌은 작은엄마의 서운함을 뒤로하고 우리는 쌍둥이처럼 지내면서 깍듯이 오라버니라고 부른다.

지금 생각해도 우리 할머니는 정말 지혜로웠다. 늘 종부인 큰며느리와 우리를 애지중지했다. 그래서인지 엄마는 오 년여 동안 치매를 앓았던 할머니를 정성으로 돌보았다. 나 또한 할머니의 사랑을 많이 받고 자랐다. 치매를 앓으면서도 정작 당신 자식들은 못 알아보면서도 나와 엄마는 늘 알아보았다.

섬에서 조금 새끼로 태어난 아이들은 자라서 다시 그 아버지를 따라 어부가 되어 대를 이은 조금 새끼를 둔 아버지가 되었다. 오늘도 어디선가 나처럼 조금 새끼로 태어나 몇 달 만에 만난 아버지를 낯설어하며 엄마 품을 파고드는 아이들이 무병하길 빈다.

말 그릇 빚기

　20여 년의 서울 생활을 접고 고향으로 내려왔다. 서울에서만 오롯이 살지 않고, 오가며 살아서인지 크게 낯설지 않았다. 서울에서는 특별한 관계가 아니면 옆집에 누가 사는지도 잘 모르지만, 이곳은 거의 아는 얼굴이다. 이들은 만날 때마다 똑같은 말로 인사를 한다.

　"요즘 어디 사는가?"

　"왜 그렇게 말랐는가?"

　"오메, 이쁜 얼굴이 많이 늙었네."

　처음에는 그러려니 했던 말들이 반복되어 들으니 기분이 별로였다. 듣기 좋은 말도 한두 번이지, 시댁 동네이니 그렇다고 대놓고 하지 말란 말도 하지 못했다. 그들은 잊고 다시 묻는지, 아니면 할 말이 없어서인지 간혹 되묻곤 했다. 더구나 지역에서 지성인이라고 하는 사람도 크게 다르지 않았다. 나이가 들어가면 잘 배웠든 못 배웠든 다 똑같다는 말이 헛소리는 아닌 듯하다. 말 한마디에 그 사람의 감정과 살아온 세월의 공식과 평소의 습관이 그대로 드러난다는 걸 새삼 더 느꼈다.

시골은 남의 외모와 사생활에 지나치게 관심이 많다. 그래서 귀촌한 사람들이 힘들다고 하는 부분이 이해되었다. 무엇보다 다 자기들 수준에서 조금이라도 어긋나면 가차 없이 소문은 꼬리에 꼬리를 물고 온 동네에 금세 퍼진다. 결국, 물과 기름같이 섞이지 못하고 귀촌 생활을 접는다는 말은 빈말이 아니다. 그럴 때마다 나를 돌아본다. 행여 말로 남에게 상처나 기분 상하게 하지 않았는지.

'말 한마디에 천 냥 빚을 갚는다.' '세 치 혀를 잘못 놀려서 나온 말은 살인도 할 수 있다.'는 선조들이 남긴 말을 되새겼다.

사람을 비유할 때 '그릇'이라는 말을 쓴다. 이처럼 사람에게는 자신의 말을 담은 그릇을 하나씩 지니고 있다. 말 그릇도 상태에 따라 수준과 관계의 깊이가 천차만별로 달라진다. 말을 담아내는 그릇이 넉넉한 사람은 많은 말을 담을 수 있으며, 그릇이 깊어 담은 말이 쉽게 새어나가지 않고, 넓은 그릇에서 필요한 말이 골라낼 수 있다는 말에 고개가 절로 끄덕거려졌다. 그러니 그릇이 좁고 얕은 사람은 말이 쉽게 흘러넘치니 불필요한 말이 많을 수밖에. 이것은 단순히 말 기술의 차이가 아니라 살면서 만들어진 '말 그릇'의 차이 때문이라고 한다.

사람들은 '말재주'가 뛰어난 사람을 부러워하지만, 곁에 두고 싶어 하는 사람은 결국 말에서 마음이 느껴지는 사람이다. 많은 말을 하지 않지만, 꼭 필요한 말을 조리 있게 하는 사람, 적절한 때에 입을 열고 정확한 순간에 침묵할 줄 아는 사람. 말 한마디에서도 품격이 느껴지는 사람에게 끌리게 되어 있다.

내가 사는 읍내에는 대형마트가 서너 개나 있으며, 소규모도 여러 개다. 하지만 난 재래시장과 5일장을 더 자주 이용한다. 결혼 초, 이웃이었던 채소가게 아주머니가 돌아가시자 35년 만에 단골 채소가게가 바뀌었다. 일흔 중반인 주인은 얼굴과 마음이 참 곱다. 직업엔 귀천이 없다지만 '채소 장사'하기는 참 아까운 사람이라는 생각이 들었다. 몇십 년 동안 시장에서 많은 사람을 상대했으니 거칠고 투박하기에 십상일 테지만, 말 그릇이 비단결처럼 곱고 아주 크다. 사람은 환경 따라 말과 행동이 달라진다고 했지만 그를 보면 다 맞지는 않는 것 같다.

나는 어떤 말 그릇을 지녔을까? 늘 잠자리에 누우면 하루를 반추해 본다. 말 한마디에 용기를 얻고 희망을 나누는 깊고 넓은 '말의 그릇'을 잘 다듬고 키워서 내 인생의 고운 말 그릇을 빚어 보련다.

노들강변의 봄놀이

미세먼지와 황사로 뿌옇던 하늘이 맑게 개었다. 창문 너머로 옆집 라일락 보랏빛 향기가 작은 바람결에 나풀나풀 왔다. 난 다른 날보다 서둘러 출근길에 나섰다.

독서 수업하는 지역아동센터는 집에서 짧은 거리지만 두어 번 환승을 해야 한다. 한강 변에 있는 흑석동에서 내려 환승을 하지 않고 걸었다. 길 가 아파트 입구에는 홍 단풍나무의 가녀린 잎이 햇살에 더욱 붉어져 가을 단풍처럼 곱다. 며칠 전부터 움트던 은행나무도 제법 연둣빛을 지녔다.

한강의 봄은 어느 쯤인가 궁금하여 효사정을 오르는 가파른 계단을 서너 개 오르다 접었다. 효사정에는 낮에도 혼자 가면 안 된다는 흑석동 사는 문우가 했던 말이 스쳤다. 큰길 옆 산책로를 따라 걷다가 높이 서 있는 효사정 쪽을 올려다보았다. 정말 깊고 음침한 숲속에 있는 효사정(孝思亭)은 서울특별시 동작구 흑석동에 있는 조선 시대 정자이다. 세종대에 한성부윤과 우의정을 지냈던 노한(1376~1443년)의 별서(別墅)이며 모친에 대한 그리움을 담아 지금의 한강 변에 세워진 정자이다.

산책로에는 애기똥풀이 노란 꽃을 피웠다. 빨간, 분홍 명자꽃과 돌 틈에는 샛노란 민들레도 활짝 피었다. 큰 나무 아래 동작 빠른 민들레는 홀씨를 날릴 준비를 하고 있었다. 꽃샘추위에 움츠렸던 꽃들이 앞다투어 꽃 자랑 대열에 합류했다. 백옥 같은 깨끗한 하얀 철쭉, 분홍철쭉, 붉은 철쭉나무의 저마다 고운 자태를 어느 유명한 화가는 '그 아름다운 색깔을 그림으로 그릴 수 있을까?' 했다는데 자연의 섭리에 감탄이 저절로 나왔다.

작은 고갯길을 오르자 눈앞에 아지랑이 모락거리는 한강의 봄 자락 펼쳐졌다. 저 멀리 남산타워가 잡힐 듯이 가깝다. 노들길로 이어지는 산책로에는 '노들강변' 노래비가 서 있다. 가무에 빠지지 않고 불리는 노래. 나도 그 앞에 서서 한 소절을 불렀다. '노들강변 봄버들 휘휘 늘어진 가지에다 무정세월 한 오리를 칭칭 동여서 매어나 볼까?' 정말 노랫말처럼 주변에는 버드나무의 연녹색 잎이 축축 늘어졌다. 휘휘 늘어진 버들가지 하나를 잡았다. 노랫말처럼 덧없이 가는 세월을 묶을까, 나이를 묶어볼까, 생각해 봐도 딱히 묶을 게 없었다.

건너 노들섬과 연결된 한강 다리 위에는 수많은 차가 오간다. 그 다리 밑으로 작은 보트가 흰 물살을 가르며 지난다. 난 수없이 불렀던 우리 민요 노들강변 속 봄버들과 만났다는 행복감을 만끽했다. 산책로 중간마다 놓인 간이의자에 엉덩이를 걸치고 한강에서 불어오는 봄바람을 깊게 들이마셨다. 속이 시원했다. 키 큰 오동나무에 밤색이 잎이 돋았다. 5월이 오면 오동나무는 보랏빛 꽃 등불을 환히 밝힐 것이다.

한량처럼 노들강변 화사한 꽃길에 빠져 있다가 시계를 보고 화들짝 놀랐다. 어느덧 수업이 임박했다. 버들가지로 묶었던 시간을 풀고 발길을 재촉했다.

엄마의
조각보

유행이 지난 묵은 옷들을 정리하려고 장롱 속 옷들을 쏟았다. 하나하나 살폈지만, 구멍이 나거나 헤진 게 없어서 다시 채웠다. 또 다른 서랍장을 살피다 보퉁이가 눈에 띄었다. 보퉁이를 풀자 시집 올 때 엄마가 만들어 준 조각 상보와 보자기가 나왔다.

요즘 식사 때면 식탁에 음식을 바로 차리니 상보가 필요치 않다. 그래서 서랍장에 넣어 두고 오랜 시간 잊고 있었다. 상보를 꺼내서 냄새를 맡으니 아직도 배인 엄마 냄새가 그대로다.

딸들이 커가는 것만큼 우리 집에는 혼수로 쓸 물건들이 하나둘 쌓였다. 노란 양은 주전자도 크기에 따라 있고, 냄비도 크기별로 있다. 창고 천장이 닿을 만큼 아슬아슬하게 싸놓은 엄마는 참 재주꾼이었다. 어디 그릇뿐만인가, 양장과 한복을 지을 옷감도 도시에 나가거나 아니며 방물장수가 오면 할부로 장만했다.

　조각보도 혼수의 하나였던 시절, 낮이면 집안일과 밭일로 바쁜 엄마는 장날 한복집에서 얻어온 자투리 천을 색색이 맞추며 조각보를 잇느라 재봉틀 소리는 새벽녘까지 덜덜거렸다. 이렇게 만들어진 보자기와 조각보는 쓰임새가 참 많았다. 크기에 따라서 이불을 쌀 수도 있고, 고모가 결혼할 때 예단이나 혼수품을 싸기도 했다. 또 물건을 싸서 집에 보관하고, 물건을 정성스레 보낼 때도 사용되었다. 지금처럼 물건을 싸두거나 나를 수 있는 도구가 별로 없었기에 참으로 요긴하게 쓰였다. 그런가 하면 밥상을 덮는 상보로도 많이 썼다. 조각으로 이은 상보는 지금도 꽤 사용되고 있으며 대체로 가운데에 꼭지가 달렸다. 이제는 귀물이 되어서 그걸 만드는 사람들을 전문가로 봐준다.

　사람들은 조각보를 씀으로써 복을 받고 싶은 마음이 컸으며 워낙 공을 들여 만들면서 복을 빌기도 했다. 또 공들여 만든 조각보를 장롱 밑에 깔아놓거나 혹은 귀한 물건을 싸서 깊숙한 곳에 보관해서 복을 받고 싶은 마음을 표현하기도 했다고 한다.

　예로부터 매우 정교한 바느질로도 유명한 조선조의 여성들이 어려서부터 조각보를 가지고 어머니에게서 훈련을 받았기 때문이다. 조선의 여자 어린이들은 바느질을 제일 먼저 배울 때 자투리 천을 받아서 여러 가지 방법의 기술을 배우면서 시침질이나 감침질, 공그르기 등 다양한 바느질법을 가지고 나름대로 조각보를 만들었다. 그렇게 몇 년을 연습하다 보면 나중에 사용되는 자투리 천의 색깔이나 면적의 비례를 맞추어 멋진 디자인이 실현된 조각보를 만들게 되었다. 우리 엄마도 손끝이 야무진 외할머니에게 물려받았다.

미국의 어느 디자이너는 한국의 전통 문물에 뛰어난 디자인이 많다고 칭찬했다. 20세기 최고의 추상화가인 몬드리안의 작품에도 비견되는 디자인이 무엇보다 우리가 가지는 예술성이며, 바로 이 '조각보'였다.

칸딘스키와 더불어 20세기 최고의 추상화가와 이름 없는 우리 어머니들이 만든 보자기가 그의 디자인 감각을 능가한다니 놀라운 일이 아닐 수 없다. 자투리 천을 활용하다 생긴 의도하지 않은 공간 분할이 더욱 아름답다는 것이다. 누가 봐도 우리 조각보는 구도나 색채 감각이 탁월하다. 구도가 반듯한 것도 있지만, 사다리꼴 같은 다양한 도형을 쓴 것도 많고, 선이 비뚤어진 것도 많다. 조각보를 '파격 미'라고도 하고 '자유분방 미'라고도 한 이유는, 의도했다기보다 조각천이 잘린 그대로 이어 만들다 보니 그렇게 된 것이다. 대충하는 것 같지만, 전체적으로 아름다운 공간 분할이 생겨 한국미가 만들어지지 않았는가 싶다.

이처럼 우리나라 여인들의 공간 지각력은 참으로 뛰어나다. 그냥 남은 천을 가지고 대충 이어진 것 같아도 고도로 계산된 것이라 할 수 있다.

조각보를 외국에서 전시하면 이구동성으로 "도대체 누구의 작품이냐?"라고 궁금해 한다. 서양인들은 조각보를 일상용품이 아니라 예술작품으로 본다는 것이다. 이름 없는 조선의 여성들이 디자인을 전공한 것도 아니고 교육적 배경 하나 없이 이런 탁월한 작품을 만들 수 있었으니 이 조각보 하나만 두고도 우리나라 예술성이 얼마나 높은지 절감한다고 한다.

이제 일상에서 별 쓰임이 없는 조각보와 조각 상보를 곱게 다렸다. 가끔은 식구들 밥을 미리 차려놓고 한 번씩 조각 상보를 사용하리라 생각하면서 식탁 옆에 고이 걸었다. 조각보는 식탁 유리 밑에 깔았더니 더 예쁘다.

조각조각 천을 이으며 밤새 덜덜거리는 엄마의 재봉틀 소리는 다시 들을 수 없지만, 엄마의 혼이 서린 조각보에 내 그리움도 함께 이었다.

아버지와
통한의 군함도

　오사카 간사이 공항을 출발한 비행기는 1시간 20여 분만에 나가사키 공항에 도착했다. 바퀴가 덜컹하고 땅에 닿은 순간, 나도 모르게 "아버지!"를 불렀다. 순간 눈물이 왈칵! 쏟아졌다.

　"할아버지 생각이 나서 그만……."

　옆 사람이 흉볼까 봐 얼른 손등으로 눈물을 꾹꾹 찍었다.

　"알아요. 고모, 여기 비행기에 탄 사람은 일본인뿐이니 괜찮아요."

　조카가 위로해 줬다. 아버지 생전에 같이 왔으면 좋았을 걸 하는 후회와 아쉬움에 더 서러웠다.

　나가사키는 일제 강점기때 아버지가 강제노역으로 끌려 와 1942년부터 1945년 해방되기 직전까지 3년여 동안 탄광에서 석탄을 캤던 곳이다. 몇 해 전부터 이곳에 올 기회가 많았다. 하지만 아버지를 생각하면 도저히 용기가 나지 않았다. 그랬던 내가 나이가 들어가는지 아버지의 흔적이 묻어 있는 군함도를 찾고 싶은 마음이 깊어진 것이다.

1942년 여름밤, 누군가 부르는 소리에 집 밖으로 나간 아버지는 1년이 넘도록 소식이 없었다. 우리 집, 증조할머니와 할머니는 종손이 말없이 사라지자 점을 보고 무당을 불러다 굿까지 했다. 아버지가 편지를 보내왔다. 생사를 모르던 종손이 일본에 살아있다는 편지를 받고 집 안은 기쁨과 걱정이 가득했고 급기야 할머니는 기절하고 말았다. '이제야 소식을 전하니 미안하다. 나는 잘 있으며 가족들이 너무 보고 싶으니 가족사진을 보내 달라, 나가사키의 하시마섬 바닷속 탄광에서 석탄을 캔다.'는 편지 내용이었다. 그때 찍은 사진은 내가 태어나기 전부터 우리 집 안방 벽에 걸린 사진틀 속 한가운데에 늘 자리하고 있었다.

2차 세계대전이 끝나갈 무렵 미국은 히로시마에 이어 나가사키에도 원자폭탄을 투여했다. 그런 줄도 모르고 갱에서 일만 하던 어느 날, 일본 감시자들이 웬일인지 소홀했다. 그 틈을 타 도망쳐 나가사키 항에서 부산으로 가는 배를 겨우 얻어 타고 대한해협을 건넜다. 부산에 도착하니 해방되어 거리에는 태극기가 나부끼고 사람들의 환성이 곳곳에서 들렸다. 무일푼으로 차림은 누가 봐도 영락없는 거지꼴이었다. 보름 이상을 걸어서 고향과 가까운 당고모 집에 도착한 아버지는 당고모를 보자마자 그대로 쓰러졌다. 연락을 받은 할머니와 엄마가 갔을 때 산송장이 따로 없었다. 그곳에서 서너 달 치료받고 겨우 집으로 돌아왔지만, 그때 사진 속에 있던 딸 즉 큰언니는 죽고 없었다.

나가사키 역과 가까운 곳에 예약한 비즈니스호텔에 짐을 풀고 시내로 나섰다. 항구 도시인 나가사키는 조선소와 큰 배가 많았다. 우리나라 어느 항구에 와 있는 느낌이었다. 바람결에 아버지 목소리가 들리는 듯했다. 아버지가 혹시 이곳 어딘가의 낯선 부두로 끌려왔을 때 얼마나 무섭고 힘들었을까? 부둣가 이곳저곳을 걸으며 사진으로만 할아버지 얼굴을 익힌 조카와 함께 근래 들어 제일 많이 울었다. 이곳 서녁 하늘을 붉게 물들이는 노을이 더 가슴 아팠다.

밤이 이슥하도록 지옥 같은 탄광에서 고생했을 아버지 생각에 쉽게 잠들지 못하고 뒤척거리다 잠들었다. 눈을 뜨니 새벽 4시 반, 옆의 조카는 피곤했던지 가는 코골이를 하면서 자고 있었다. 어제 비올 확률이 80%라는 일기 예보에 걱정되어 살며시 커튼을 젖히자 밖은 아직 어둑했다. 창문을 여니 다행히 빗소리는 들리지 않았다.

조카를 깨워서 이른 조식을 먹고 밖으로 나오자 내 마음을 아는지 처량하게 비가 내렸다. 물가가 비싸다는 건 알았지만, 제일 싼 우산도 우리나라보다 서너 배는 더 주고 살 수밖에 없었다. 날씨 때문에 혹여 크루즈가 출항을 못 할까 봐 전전긍긍하면서 전철을 두 번 갈아타고 여객터미널로 갔다. 다행히 배는 출발한다고 했다.

여객터미널 안에는 군함도 사진이 걸려있었다. 그걸 보니 터질 듯 심장이 두근거리고 가슴이 떨렸다. 일본과 나가사키, 그리고 군함도를 새긴 여러 가지 기념품을 팔았다.

이곳에 온 기념으로 뭘 살까 둘러보다 그만두었다. 서울에서 한 인터넷 예약을 확인받고 군함도 크루즈 선사 서약서에는 파도가 높으면 군함도에 상륙할 수 없다는 그에 따른 동의를 받는 거라고 작성을 마친 조카가 설명해줬다. '설마, 여기까지 와서 상륙 못 하면 어쩌지!' 몹시 불안하고 초조했다.

8시 50분, 명패를 받고 드디어 크루즈에 승선했다. 날씨가 궂어서인지 자리가 띄엄띄엄 비었다. 2층으로 올라가려다 1층 앞자리 잡았다. 9시 정각이 되자 나가사키 항을 출발했다. 미쓰비시 조선소를 지나고 나가사키 항구에는 크고 작은 배가 정박해 있었다. 군함도를 가는 동안 일어로 영어로 계속 하시마 섬에 대하여 방송이 나왔다.

'하시마 섬은 석탄 산업이 발달하여 많은 사람이 행복하게 일하며 삶을 즐겁게 살았던 곳입니다. 그 시대에 아파트와 병원이 있었고, 학교도 있고, 여러 시설이 모여 있었습니다.'

'이곳은 일본의 미래였지요. 유네스코 세계문화유산인 하시마 탄광을 오신 것을 환영합니다.'

일어를 전공한 조카가 계속 통역을 해주었다.

"고모, 그런데 조선 사람 강제노역에 관한 이야기는 한마디도

안 해요."

　그 배에 탄 사람들은 꽤 많은데 둘러보니 한국 사람은 나와 조카, 둘뿐이었다. 그들이 역사를 왜곡하는 게 어디 한둘인가. 그러려니 했다가 다른 사람들은 방송을 들으며 고개를 끄덕이고 수첩에 부지런히 기록하는 모습에는 그게 아니라고 소리치고 싶었다.

　나가사키 항을 벗어나자 파도가 예사롭지 않았다. 여객터미널에서 했던 생각이 기우이길 빌었다. 군함도가 점점이 가까이 다가왔다. 하지만 너울성 파도는 군함도가 가까워질수록 더 심했다. 배안에 있던 서양인 여자가 급기야 멀미했다.

　기우는 현실로 다가왔다. 크루즈는 군함도에 몇 번이고 접안을 시도했지만, 끝내 우리는 군함도를 바로 눈앞에 두고 상륙하지 못했다. 결국, 크루즈는 군함도를 천천히 두 바퀴를 돌았다. 아무도 살지 않은 귀곡산장처럼 낡고 오래된 콘크리트 아파트 건물과 잔해들을 보자 내 아버지가 감옥같이 지냈던 곳이라 생각하니 가슴이 아리다 못해 쓰라렸다.

　억울하게 죽어간 징용자들의 억울함을 씻기듯이 비는 처연하게 내렸다. 사람들은 상륙하지 못한 아쉬움을 카메라 앵글에 담느라 분주했지만, 암울한 모습에 나는 차마 카메라를 들이대지 못했다. 돌아오는 배 꽁무니에 나는 갈매기도 아쉬워하는 내 마음을 위로하듯 끼룩거렸다.

여객터미널에 도착하자 장소를 옮겨 상륙하지 못한 대가로 군함도의 전경과 역사를 영상으로 보여줬다. 하시마 섬 탄광은 나가사키 항에서 남서쪽으로 약 18㎞ 떨어졌다. 섬의 둘레가 콘크리트 안벽으로 되어 있고, 고층 철근 콘크리트 구조의 아파트가 늘어선 외관이 군함을 닮았다고 해서 군함도라고 불리기도 한다. 1890년 미쓰비시가 경영권을 얻어 석탄 채굴을 시작하였다. 해면 아래 약 1,000m 이상의 지점까지 시추한 해저 탄광에서 석탄을 채굴하였다. 일제 강점기에 조선인과 중국인이 지하 해저 탄광에서 강제노동에 시달려 지옥 섬이라고 불렸으며, 1974년 폐광되어 현재는 무인도가 되었다.

작가 한수산은 장편소설《까마귀》에서 하시마 탄광의 강제노동에 대해 고발했다. 2015년 일본 정부는 강제노역 등 전쟁범죄에 대한 사죄 없이 산업혁명 유산이란 명목으로 세계문화유산 등재를 추진하였으며, 2015년 7월 세계유산위원회는 일본이 신청한 하시마 탄광 등 23개 근대 산업시설의 세계유산 등재를 결정하자 한국 등 주변국들은 반발했다.

여행 기간을 하루 더 잡을 걸 하는 아쉬움을 안고 오사카 간사이 공항으로 가는 비행기에 올랐다. 머지않은 날 다시 오자는 조카와 손가락 걸고 약속했다. 비행기가 공항을 이륙하자 하늘에서 내려본 나가사키 항구 불빛이 아버지의 얼굴과 겹쳐서 애처롭게 흔들렸다.

경고판이 준
교훈(教訓)

　　조용하고 호젓한 산모퉁이 길을 걸었다. 계절 따라 길섶 작은 텃밭에 심어 놓은 여러 가지 채소가 싹을 틔워 자라는 모습을 보는 재미가 쏠쏠하다. 양지바른 밭둑에는 매서운 추위를 뚫고 쑥과 냉이가 돋아나고, 아지랑이가 피워 오른 노란 유채 꽃밭에는 팔랑팔랑 나비가 춤을 추는 풍경이 웃지 못할 유년의 추억을 불러 왔다.

　　지난가을 씨 뿌린 홍갓은 겨울을 이겨내고, 따스한 봄 햇살을 받으며 날마다, 아니 시시각각 튼실하게 잘 자랐다. 톡 쏘는 갓김치를 유난히 좋아하는 나는 날마다 탐스럽게 자라는 갓밭을 지날 때마다 군침을 삼켰다. '하얀 쌀밥에 갓김치를 척 걸쳐 먹으며 정말 맛있겠다.' 생각했던 갓밭 한가운데에 사과 종이 상자를 찢어서 만든 허술한 경고판이 떡하니 서 있었다. 분명 어제만 해도 없었는데 무슨 일이지.

"갓, 그만 좀
뽑아가시요!
임자 있읍니다."

　빨간색 매직으로 비뚤배뚤 쓴 글씨를 본 순간 푸! 하고 웃음이 나왔다. '누가 남의 밭의 갓을 얼마나 뽑아갔으면 저런 걸 세웠을까' 예전에는 필요하면 주인 허락 없이도 조금씩 뽑아다 먹었는데. 이젠 시골 인심도 예전 같지 않나 보다. 받침도 틀리게 쓴 걸 보니 분명 나이가 든 사람일 것이다. 반환점까지 다녀오려고 걸음을 재촉했다.

　집으로 되돌아오는 길에 갓밭을 지나치다 발길을 멈추었다. 며칠 못 본 사이 보랏빛 홍갓은 정말 먹음직스럽게 튼실해졌다. 다시 본 경고판이 볼수록 애잔했다. 아까 보면서 웃었던 게 괜히 미안했다. 밭 주인이 누군지 모르지만, 오죽하면 경고판을 세웠을까. 애써 가꾼 갓을 뽑아가니 속이 상했을 거란 생각이 들었다. 다시 찬찬히 살펴보니 밭 가장자리에는 뽑아간 흔적이 꽤 넓었다. 왠지 남의 갓을 무지하게 뽑아가는 그 손길이 너무 미웠다. 워낙 갓이 탐스럽게 자라서 주부라면 탐났을 테지만, 그렇다고 남이 애써 가꾼 것을 말없이 뽑아가는 건 도둑질이다.

　사람들은 '할 일 없으면 농사나 짓지 뭐.'라고 한다. 하지만 농사를 지어 본 사람이라면 그런 말을 쉽게 못 한다. 한 알의 쌀이 되려면 여든여덟의 손길이 필요하듯이 어떤 농사라도 씨앗만 뿌리면 되는 농사는 아무것도 없다. '그깟 갓 좀 뽑았다고 경고판을 세울까?'라는 사람과 나처럼 웃음이 날 수도 있을 것이다. 집으로 돌아오면서 오랜 기억이 떠올랐다.

할머니는 우리에게 학용품값이라도 한다며 농사지은 여러 가지 채소를 아침에 잠깐 서는 시장에서 팔았다. 어느 날, 팔려던 아기 피부처럼 보드라운 가지를 누군가 밤새 하나도 남김없이 훔쳐 가버렸다. 빈 소쿠리만 들고 온 할머니는 울상을 지었다.

"오메, 오늘 가지 팔아서 우리 강아지 꽃신 사주려고 했는디. 어떤 몹쓸 것들이 따 갔을까잉. 나쁜 사람 같으니라고."

할머니는 며칠 전 코가 찢어진 내 고무신을 꿰매 주면서 약속했다. 나는 할머니 말만 믿고 아이들에게 꽃신 자랑을 했다가 물거품이 되자 이불을 뒤집어쓰고 엉엉 울었다. 가지를 훔쳐 간 사람이 정말 미웠다.

며칠 후, 할머니는 썰물에 캔 바지락과 다시 열린 가지와 호박을 팔아서 기어이 예쁜 꽃신을 사주었다.

새봄이면 병아리를 사다가 키웠다. 할머니는 장날이면 싸전에서 모이를 쓿어오고, 우리 형제들은 메뚜기며 지렁이를 잡았다. 병아리는 어느덧 달걀을 낳을 만큼 어미 닭으로 자랐다. 고기가 귀하던 때라 여름 복날이면 가족들 보양식이 되고, 봄이면 병아리를 부화시켰다. 가을쯤이면 닭들은 엄청나게 컸다. 그런 닭들이 컴컴

한 그믐밤에 한 마리도 남김없이 사라진 빈 닭장에는 닭 꽁지 몇 개만 뒹굴었다. 그 허망함이란 말로 다 표현할 수 없었다. 달걀은 우리 형제들의 도시락 반찬, 학용품, 과자, 빵이었다. 닭들을 한꺼번에 몽땅 잃어버린 엄마는 다시는 닭을 키우지 않겠다고 선언했다. 하지만 또 새봄이 되면 어김없이 마당에는 노란 병아리들이 삐악거렸다.

오랜 시간이 지나 내 나이 반백이 되어갈 무렵, 모처럼 동창회가 열렸다. 그때 만난 친구가 말했다.

"예전 너희 집의 닭 잃어버렸지? 그때 누가 서리했게?"

싱글거리며 물었다.

"혹시, 네가 훔쳤어? 맞아?"

나는 정색하면서 물었다. 그는 동네 형들이랑 밤늦도록 놀다가 출출하여 며칠 전에 본 우리 집닭을 서리했는데, 정말 맛있게 먹었다는 그의 말을 듣고 너무 어이가 없었다. 몇십 년이 지난 일이지만 어제 일처럼 생생한데도 화를 낼 수 없었다.

"출출하다고 몇 개월 동안 키워 놓은 남의 집닭을 모조리 잡아다 먹었다고, 참 나쁜 사람이네."

주먹으로 한 대 때려주고 싶도록 참 얄미웠다. 옆에 있던 친구들이 지금이라도 닭값을 받으라며 재촉했다. 하지만 어쩌랴, 당시는 서리, 즉 떼를 지어서 주인 몰래 남의 과일, 곡식, 가축 따위를 훔쳐 먹는 장난을 해도 나쁜 짓이라고 하지 않았다. 누구나 견물생심이라고 좋은 물건을 보면 가지고 싶은 마음이 들기 마련이다. 그렇다고 남의 것을 탐하여 몰래 가져가면 안 된다. 아무리 서리가 장난이라고 해도 너무 심하면 그게 어디 장난이겠는가.

삐악거리던 귀여운 병아리가 있던 마당. 누군가 한 서리 때문에 하마터면 신지 못할 뻔한 분홍 꽃신은 열 살의 단발머리 소녀로 돌아가 고운 추억으로 내 마음을 어루만졌다.

그리움을 품고 산다는 것

다도해 해상국립공원에 속한 외나로도는 내 고향이다. 고흥군의 최동남단에 위치한다. 행정구역은 봉래면이다. 국도 15호선이 연륙교, 연도교로 이어진다. 수많은 해산물이 풍부하여 어업 전진기지로 더 알려진 곳이다. 지금은 우주선 발사기지로 더 유명해졌다.

나고 자란 우리 마을 진기(陳基)는 임진왜란 당시 한때 이순신 장군의 주둔지였다는 전래로 진터라고 불렀다. 남쪽 봉우리에 봉화를 올렸던 봉화터의 흔적이 그대로 남아 있다. 진터 북쪽에는 전염병 환자를 수용했던 병막터가 있고, 조곡을 운반하는 선박들이 정박했던 곳이기도 하다. 우리 마을은 옛 나루터가 있었던 나리 끝터와 바닷가를 외돌은 곳에 있는 진터와 한 마을이다.

밀물 때는 바닷물, 썰물 때는 갯벌이 나의 놀이터였다. 바닷물이 빠지면 너럭바위에서 조개껍데기를 줍고 파래랑 김을 뜯어다가 소꿉놀이했다. 특별히 시장을 가지 않아도 집 앞 갯벌에 키조개, 바지락 등 잠깐이면 대바구니를 가득 채웠다. 썰물 따라 내려가는 돌게를 잡으려고 날카로운 굴 껍데기에 맨발이 상한 줄도 모르고 뛰어다녔다. 운이 좋은 날은 바위틈에서 나보다 더 큰 문어를 발견하고 엄마를 소리쳐 부르면 어느 틈에 옆에 있던 동네 삼촌이 냉큼 잡아버렸다. 내가 먼저 맞혔으니 내 것이라고 나는 서럽게 울었다.

바닷물이 빠지는 날에 따라서 우리 집 밥상은 달라졌다. 꼬막 무침과 삶은 바지락에서 우러난 뽀얀 우윳빛 국물은 식구들의 입맛을 돋우었다. 낙지 구멍(눈)을 잘 찾은 엄마 덕에 펄 낙지는 우리의 옷과 월사금(학비)이 되고, 공책과 연필이 되었다. 여름이면 친구들과 함께 물 깊은 갯벌에서 자란 해초 진지락*의 붉은 뿌리를 캐 먹고, 입술이 파랗게 물든 개구진 얼굴을 마주 보며 웃었다.

굴 채취가 시작되는 음력 정월에는 한 집에 한 사람씩 울력을 나와 조새로 굴을 깠다. 방학이면 엄마를 따라서 보자기로 머리부터 얼굴까지 눈만 보이게 감싸고 굴 밭으로 갔다. 엄마가 집에서 미리 준비해 간 초장에 막 딴 굴을 찍어 먹으면 입안에서 사르르 녹았다. 엄마가 굴 채취를 다녀온 저녁이면 바구니 가득 따온 굴을 큰 가마솥에 삶아서 배가 부르도록 먹었다. 그런 날이면 어김없이 한

---

*진지락: (잘피의 방언) 갯벌 깊은 곳에 자란 바다의 풀.

밤중에 할머니를 깨워 등불을 잡고 화장실을 들락거렸다. 잠을 설친 할머니는 군소리 한번 없었다.

한 해 중 물이 제일 많이 빠지는 음력 2월. 영등씨에는 몰 밑에 해삼이 뒹굴고, 문어랑 소라를 한 바구니씩 잡았다. 특히 해삼은 대바구니에 담으면 흐물흐물 녹아버린다. 누구보다 우리 동네에서 나고 자란 엄마는 어느 곳에 무엇이 있는지 계절 따라 바다를 훤히 아는 척척박사여서 할머니의 자랑이었다.

여름이면 돌 개를 잡고, 겨울에는 파래를 뜯어오면 할머니는 면소재지에 있는 시장에 내다 팔았다. 조막손으로 뜯고 잡아 온 것이라면 할머니는 한 푼도 빼지 않고 고스란히 챙겨 주었다. 그 돈으로 동화책을 사고, 만화책을 빌려 읽으며 그때부터 나는 작가의 꿈을 키웠다.

이제 바지락이랑 소라가 있던 갯벌에는 간척사업으로 마트가 생기고, 모텔이 들어섰다. 배를 보호하는 방파제를 만든 후, 파도를 따라오던 종패가 오지 않아서 자연산 굴은 사라진 지 오래다. 친구들과 밤새우며 놀았던 너럭바위에는 큰 도로가 생겨 흔적도 없이 자취를 감췄다.

친정집 아래 갯벌에는 썰물 때면 빠끔빠끔 바지락이 눈을 뜨지만, 이제는 바닷물이 오염되어 먹을 수가 없다. 무분별한 개발로 자연을 파괴하여 풍요로운 갯벌을 앗아갔다. 밀물과 썰물의 자연을 거스르고 얻는 것은 무엇인지.

꿈속에서 자주 보이는 유년의 놀이터인 바다와 갯벌 생각만으로도 가슴이 벅차오른다. 돌담 넘어 그 많던 해산물은 어디로 갔는지, 풍요로웠던 그리움만 품는다.

내 사랑
고흥

자연의 흐름은 참 아름답다. 인위적으로 만든 화려한 그 어떤 것도 감히 견주지 못한다. 내 고향 고흥은 지붕 없는 미술관이다. 발길이 닿은 곳마다 가슴이 뻥 뚫리고 눈과 마음이 정화된다. 빼어난 경치로 뭇사람들이 찾은 고흥에는 자랑스러운 8경이 있다.

내 고향 고흥은
눈길 주는 곳마다
천혜의 미술관이다

계절마다 산과 들
해안에 걸린
크고 작은 그림은

이 세상
어느 화가의
명작에 비할까

억만년의 파도가
들숨 날숨으로 빚어 놓은 해안 길
푸른 다도해의
올망졸망 섬들을 바라보는 것도

춘하추동 곳곳마다
밥상 위 게미 진 음식이
지천인 천하의 보약을 맛보는

지붕 없는 미술관인
내 사랑 고흥이
고향이라서 참 좋다.

- 졸시 '내 사랑 고흥'

고흥군은 2020년을 고흥 방문의 해로 정했다. 다도해에 점점이
떠 있는 아름다운 섬과 깨끗한 자연환경에서 계절마다 풍부한 식

자재로 만든 맛있는 먹거리가 많은 고흥에는 입안에서 사르르 맴도는 아홉 가지 색깔의 맛, 9미(味)가 있다.

사계절 등산 애호가들이 찾은 1경인 팔영산을 비롯하여 일출이 아름다운 남열리는 2경이다. 3경인 민간정원 1호인 쑥섬은 유년에 아침에 눈만 뜨면 보이는 곳. 100년의 푸른 숨결을 지닌 나로도 편백숲. 박치기왕 김일 선수의 고향인 금산 해안 경관은 그야말로 절경 중의 선경이다. 연꽃을 닮았다 하여 붙여진 연홍도, 작은 사슴을 닮았다 하여 붙여진 한센인의 설움과 아픔을 지닌 소록도. 마지막 8경인 중산 일몰은 사진 애호가들의 최고의 포토존이다.

1미인 장어탕은 된장을 풀어서 고춧가루, 토란대, 우거지 등을 넣고 끓이다가 숙주나물과 대파와 깻잎을 넣는다. 이것들이 어우러져 맵지도 않고 시원하며 담백하고 강한 맛이 일품이다. 먹거리가 풍부한 곡창지대로 전라도의 한정식이 유명하다. 그만큼 전라도는 지역마다 한정식이 대표적이다. 그중에서도 고흥은 대부분이 바다를 끼고 있어서 해산물이 다양하며 제철마다 나온 먹거리로 만든 한정식은 다른 지역에서 맛볼 수 있는 음식이다.

이곳 한우는 3미다. 소 엄마라는 별명이 있을 만큼 삼십 년 넘게 한우를 맑고 깨끗한 자연환경 속에서 키운 순한 한우의 맛이 우수하다. 가을 낙지, 봄 조개란 말이 있다. 봄에는 뭐니 뭐니해도 바지락이 최고다. 크고 단맛이 강하여 대중의 호도가 높은 문어 바지락의 주산지가 고흥이다. 국과 전 칼국수 등 여러 요리에 활용하지만, 신선도가 좋은 고흥 바지락으로 만든 회무침은 엄마가 전수한 나의 주특기이다.

서대는 고흥을 비롯한 전남 지방이 주산지다. 특히 봄철에는 내 고향 나로도에서 산란을 위해 회유하면서 많이 잡힌다. 다른 생선에 비해 비린 맛이 별로 없어서 회무침이나 조림으로 응용한다. 토속 식초인 막걸리 식초를 넣어 무친 회무침은 엄지 척이다. 감자를 도톰하게 썰어서 냄비에 깔고 갖은 양념으로 조린 서대 조림은 예로부터 모내기 철에 즐겨 먹던 고유의 향토 음식이다.

예부터 갯장어는 일본으로 전량 수출되었다. 일본 수출에서도 한국산이라고 쓰지 않고 고흥산이라고 써야 가격을 다 받을 수 있을 정도로 고흥 장어의 품질은 우수하다. 맛 칼럼니스트 H도 인정할 정도이다. 일본에서 하모라 불리는 갯장어는 고흥 등 남해안 일부에서 여름철에만 맛볼 수 있다. 콜레스테롤이 적고 영양과 유의 담백한 맛이 최고이다. 이곳의 여름철 보양식품의 대표 격으로 육질이 보드랍고 씹히는 맛이 아주 좋다. 회로 먹으면 이색적이고 매력적이다. 구운 냄새로 집 나간 며느리도 돌아온다는 전어는 제철인 가을에 지방질이 3배나 많아져 맛이 절정에 달한다. 특히 고흥을 비롯한 전남 남해안에서 잡히는 전어는 고소함이 더욱 좋다. 전어는 주로 회 또는 구이로 많이 먹으며 이 지역의 다양한 식당에서 맛볼 수 있다.

삼치는 자연산 활어회로 먹으면 맛이 매우 좋다. 조성된 나로도 항 삼치 거리에 있는 식당마다 삼치회나 구이 메뉴가 있는 간판이 있다. 삼치는 나로도와 거문도 근해가 주 어장으로 늦가을부터 이듬해 4월까지 맛볼 수 있으며, 찬 바람 부는 한겨울에 가장 맛이 좋다. 영상 5도 이하의 낮은 냉장 온도에 보관했다가 먹는 선어회로 식감이 참 부드럽다. 궁합이 잘 맞은 김에 싸서 간장에 찍어 먹으면 쉽게 맛볼 수 없는 별미 중의 별미다.

마지막 9미는 피굴이다. 이곳의 굴은 살이 통통하고 향이 진하다. 그 굴 향의 진수를 맛볼 수 있는 피굴은 껍질째 삶아서 깐 알굴을 서너 번 씻은 물을 가라앉혀서 깨와 참기름을 두어 방울 떨친 후, 송송 썬 쪽파를 고명으로 얹어서 먹은 향토 음식으로 가장 이색적인 맛이다.

비옥한 땅과 시원한 해풍을 맞고 지란 육지 산물과 깨끗하고 풍부한 바다에서 걷어 올린 해산물이야말로 고흥을 대표하는 얼굴이자 참맛이다. 색다른 별별 음식은 이곳 사람들의 삶을 더욱더 풍요롭게 하며, 한번 이곳에 온 사람은 경치에 반하고 맛본 음식을 잊을 수 없어 다시 찾는다는 고흥이 내 고향이라서 참 좋다.

유자나무와
대학원

　초겨울 언저리에 고흥군 풍양면 한동리에 있는 유자 공원에 갔
다. 숲에 들어서자 향긋한 유자 향이 온몸을 감쌌다. 초록 잎 사
이에 주렁주렁 달린 노란 복주머니 같은 빛깔인 유자가 참 곱다.

　이곳은 유자 주산지로 고흥에서도 유명하다. 이맘쯤이면 고흥
에는 밭, 들, 산과 바닷가 언덕, 가정집 담장 안에서도 흔히 볼 수
있다. 제주에서는 귤나무가 대학 나무라 하듯이 고흥에서는 유자
나무가 대학나무다. 유자 농사를 지은 사람들은 자식을 대학은 물
론이고 대학원까지 보낼 수 있다는 것이다. 좀 더 과장하자면 유학
도 어렵지 않을 듯하다.

　우리나라 다른 지역에서도 유자가 생산된다. 하지만 고흥의 유
자는 풍부한 일조량과 청정 해역에서 불어오는 해풍, 오염되지 않
은 맑고 깨끗한 자연환경, 최적의 기후와 토양에서 재배되어 맛과

향이 뛰어나다. '탱자는 아무리 고와도 발길에 차이고 유자는 얽어도 한량 손에 논다.'라는 재미있는 말이 있다. 이처럼 고흥 유자는 타지역 산보다 많이 얽었고 빛깔이 유난히 더 샛노랗다.

유자의 원산지는 중국 양쯔강 상류이며 우리나라는 신라의 장보고가 당나라 상인에게 얻어와 퍼졌다고 한다. 《세종실록》에 세종대왕이 1426년에 전라도와 경상도 연변에 유자와 감자를 심게 했다는 내용이 있다. 미루어 보면 고흥에 유자가 퍼진 것도 조선 초기로 보인다. 충무공 이순신 난중일기에도 고흥 유자를 진상했다는 기록이 있는 걸 보면, 고흥 유자는 오래전부터 최고 품질을 인정받은 역사적 특산품임을 알 수 있다. 현재 우리나라와 중국, 일본에서 유자가 생산되지만, 우리나라 것이 가장 향이 진하고 껍질이 두껍다. 그러니 우리나라 유자가 세계 최고이며 당연히 우리나라에서도 고흥 유자를 최고로 쳐준다. 이곳 유자가 세계 최고인 걸 인정하듯이 얼마 전 미국과 유럽 시장에 유자 음료가 본격적으로 진출하고 있다니 매우 반가운 소식이다.

예전에는 유자가 참으로 귀하고 아주 비쌌다. 산지에 사는 우리도 갖기 어려웠다. 그래서 가을 시제에 참석하는 할아버지, 아버지에게 꼭 가져다 달라고 신신당부를 했다. 시제가 끝나면 유자는 순식간에 없어졌다. 떡 줄까? 유자 줄까? 물으면 어김없이 유자를 달라고 했다. 명절이나 기제사 때나 겨우 먹는 귀한 떡보다 유자를 더

귀하게 여겼다. 혹여라도 유자를 얻어오면 날아가듯이 기뻐서 마을 아이들 앞에서 유자에 코를 박고 킁킁거리며 자랑질했다. 이처럼 향기로운 유자는 남녀노소 누구나 좋아했다. 유자는 향기만 좋은 것이 아니라 비타민C로 소문난 레몬보다 무려 3배이다. 노화와 피로를 방지하는 유기산도 풍부하고, 특히 모세혈관을 보호하는 헤스페리딘이 들어있어서 뇌혈관 장애와 풍 예방에 좋다고 한다. 심혈관 질환이 있는 나로서는 유익한 과일이다. 유자는 얇게 저며서 차를 비롯하여 떡, 절임, 잼, 젤리, 양갱, 한과, 식초, 술, 향신료, 식용유, 화장품용 향료 음료 등 쓰임새가 다양하게 쓰인다. 더불어 유자나무 잎을 인절미 고물을 만들 때 넣으면 향도 좋고 맛있다.

매년 늦가을에서 초겨울 즈음에 유자차를 꽤 많이 만든다. 서리 맞은 유자는 과일용 세제와 베이킹 소다, 식초에 차례로 뽀드득뽀드득 소리가 나게 씻는다. 보송보송 물기가 마르면 아주 가늘게 썰어서 함지박에서 설탕과 잘 비빈다. 이삼일 동안 설탕이 잘 녹도록 저어준 후 저장하면 잘 숙성되어 더욱더 향기가 진하다.

겨울이면 기침을 달고 사는 지인이나 형제들에게 주면 그러잖아도 내 유자차가 그리웠다며 세상에서 제일 맛있는 유자차 장인(匠人)이라고 치켜세운다. 빈말일지라도 유자를 써느라 부르튼 손을 보며 두 번 다시 하지 않겠다는 다짐이 슬며시 물어가곤 한다. 작심삼일이 아닌 작심 일 년. 또 분주히 유자차를 만들어 상큼한 향기를 나눌 것이다.

동그란
글벗

"선배! 오늘 퇴근 후에 얼굴 봐용!"

카카오톡으로 동화작가인 P에게서 메시지가 왔다. 이심전심 마음이 통했나 보다. 나도 수업 마치고 잠깐 얼굴 보자고 할 참이었다. 친한 사람은 마음이 통한다고 했던가. 수업을 마치고 서둘러 약속장소로 향했다.

약속 시각이 다 되어갈 즈음 P가 전화했다. 그냥 오면 될걸 웬 전환가 싶었다. 나는 받으며 다짜고짜 "전화는 뭐 하러 하유?" 물으며 주위를 둘러보았지만, 그의 모습이 보이지 않았다.

"나 7층 식당가에 있는데 어디에요?"

'무슨 소리야, 분명 B 서점에서 만나자고 했는데. 내가 약속장소를 잘못 알았나? 7층이라니.'

순간 에스컬레이터 방향으로 몸을 날리는데 전화기에서 흘러

나온 그의 말에 발걸음이 멈추었다. 난 분명히 우리가 자주 만나던 사당역 B 서점이라고 했는데, 그는 수업하는 곳과 가까운 신림역의 B 서점으로 착각했던 모양이다. 늘 말을 소곤거리는 그가 약속장소가 잘못된 줄 알고 "에구머니나! 이를 어쩐대유."라며 미안해했다. 누구나 그럴 수 있는 일이라고 괜찮다며 천천히 오라고 했다.

그를 기다리며 신간 판매대부터 아동, 그리고 해외여행 도서 판매대까지 덕분에 두루 살펴보는 시간을 가졌다. 며칠 사이 장르마다 신간이 정말 많이 출간되었다. 그에게 선물할 동화책을 고르는데 그가 서점 회전문을 밀면서 헐레벌떡 뛰어오는 모습이 보였다. 나는 손을 높이 들고 흔들면서 다가가자, 그는 특유의 눈을 끔벅거리며 살며시 내 팔을 끼었다.

건물 2층에 있는 우리만의 아지트로 향했다. 의자에 앉자 궁둥이가 따뜻했다. 공간은 그 층에 있는 여러 음식점을 이용하는 손님이 많을 때 대기하는 장소다. 겨울이라서 손님을 배려하여 의자에 불을 지펴 놓은 것이었다.

"선배 저녁은?"

"난 먹었지. 샘은?"

짧은 답으로 서로의 저녁을 챙겼다. P는 앉자마자 가방에서 주섬주섬 비닐봉지를 꺼내서 살며시 내 손에 놓아주었다. 뭔가 하고 풀어보니 따끈한 호떡이었다. 어그러진 약속 시각을 기다리며 배고플까 봐 허둥지둥 뛰면서도 그걸 챙겨 온 따뜻한 사람이다.

P 작가와 내가 만난 지 강산이 한번 바뀌고 또 반을 더 돌았다. 서로 다른 장르의 문학을 하면서 늦깎이로 편입한 대학교에서 선후배로 만났다. 늘 있는 듯 없는 듯 조용한 충청도 태생인 그와 다르게 성대 수술 후 목소리가 커진 내가 어떻게 인연이 되었는지 지금 생각해도 재밌는 일이었다. 그전에는 만나면 안부와 학교, 공부, 시험에 관해서 이야기하는 여느 학우와 다름없었다.

벚꽃이 피어서 꽃향기가 지천을 흔들 때 중간고사가 있었다. 시험 시간이 다가오는데 그가 나타나지 않았다. 결국, 시험이 시작되었다. 시험을 치르는 동안 문 쪽을 계속 바라보았지만, 다 끝나가도록 그의 모습 보이지 않았다. 설마 시험을 잊어버렸나? 아니면 몸이 아픈 건 아닌지 애가 탔다. 1교시 시험 답안을 빨리 쓰고 나와 그에게 전화를 걸었다.

"선배! 웬일이유? 나 지금 시어른 기일이라서 남편과 고향 갈 준비해요."

내 말을 듣기도 전에 달뜬 목소리로 말했다. 순간 톤 높은 소리로 무슨 소리냐며, 오늘 중간시험 날이라고 했더니 다음 주 아니냐고 반문했다. 나는 여러 말 필요 없고 빨리 택시 타고 오라며 반명령조로 말하고 뚝 끊어버렸다. 그는 다행히 학교와 가까운 곳에 사는 덕분에 다음 시험이 시작되기 전에 도착하여 남은 시험을 잘 치렀다.

4학년 중간시험이라서 시험을 치르지 못하면 한 학기를 더 다녀야 했다. 그 일이 있고부터 우리는 참 많이 가까워졌다. 그에게는 내 나이와 같은 쌍둥이 언니가 있다. 그래서인지 늘 언니 대접을 해주려고 했다. 그냥 글벗이여! 하면 하늘 같은 선배에게 그러면 안 되는 거라고 한다. 누가 충청도 양반 아니랄까 봐. 그는 생전 남 흉볼 줄도 모른다. 소읍에서 한약방을 하셨던 아버지와 평생 아버지를 위하면서 사셨다는 친정엄마에게 인성을 배워서인지 심성이 비단결이다.

이제 그와 나는 같은 장르의 글을 쓰고 있다. 그래서 요즘 들어 할 말이 더 많아졌다. 전화 통화를 해도 기본이 한 시간을 훌쩍 넘긴다. 내일을 위하여 오늘은 이만 헤어지자고 하자 십 분만 더 있다 가자고 팔짱을 끼며 코맹맹이 소리를 했다. 나는 들썩이던 궁둥이를 다시 붙였다. 십 분이 아닌 거의 한 시간여를 속닥거렸다. 무엇이든 동그랗게 생각하는 긍정인 그는 의자에서 일어서며 "선배! 오늘 약속장소 잘못 안 것 비밀이다. 쉿!" 눈을 찡긋했다. 그런데 어쩌나, 이렇게 만천하에 공개하는 글을 쓰고 있으니. 이것 또한 이해하리라.

슬픔을 위로하기는 쉬우나 기쁜 일에 진심 어린 축하를 해주는 일이 더 어렵다고 했다. 그는 적재적소를 잘 이행하며 어느 한구석도 모나지 않고 동그란 인품을 갖추었다. 다음 만남에는 '고운 인연!'으로 함께 해주어 고맙다고 말해주리라.

난 어떤 자식이었나?

퇴근 후 거실 벽에 기대어 멍하니 텔레비전을 보다가 잠이 들었다. 깨어보니 새벽 1시였다. 이왕 든 잠 조금 더 잤으며 좋으련만. 또 엄마 얼굴과 목소리가 떠올랐다. 나도 모르게 '엄마'를 부르니 눈물이 났다. 자꾸 울면 돌아가신 엄마가 이승을 떠나지 못한다는 지인의 말을 되새기며 그만 울어야지 다짐해도 마음뿐이었다.

친정엄마가 가신지 어느새 3주가 되었다. 엄마를 보내고 밥맛은 물론이고 물맛, 좋아하는 커피 맛도 느끼지 못한다. 잠도 잠깐 졸뿐이지 깊은 숙면에 들지 못한다. 생전에 엄마가 '밥맛은 물론이고 물맛도 없다.'라고 할 때, '무슨 물맛을 몰라요. 말도 안 된다.'라고 윽박질렀다. 어쩌면 그런 내게 엄마가 벌을 주는 것만 같다. 정말 죄송하고 후회스럽다.

스마트폰에 저장된 엄마 사진을 보자 눈물이 뚝! 하고 떨어졌다.

늘 곁에 계실 것 같았던 엄마. 엄마 구순 생신 때 함께 찍은 동영상을 봤다. 생생한 목소리와 얼굴을 보니 더 가슴이 먹먹하다. 언제 깨었는지 큰아이가 방문을 열고 말없이 쳐다보았다. 날마다 그러는 엄마가 걱정이 되는 모양이다. 얼른 돌아누우며 불을 꺼 달라고 했다. 아들은 조용히 불을 끄고 제 방으로 들어갔다.

엄마 장례식을 마치고 며칠 지난 어느 날, 또 울고 있는 내게 둘째가 말했다.

"엄마, 아주 슬프고 외할머니 생각 많이 나시죠? 나도 외할머니 생각하면 아주 슬퍼요. 그런데 엄마가 외할머니를 소중히 여기듯이 나도 엄마가 소중해요. 그러니 너무 슬퍼 마시고 밥도 잘 드시고 건강 챙기세요. 엄마가 이러면 할머니가 더 슬퍼하시지 않겠어요." 그 순간 아이들 앞에서도 슬픈 내색을 하면 안 되겠다는 생각이 들면서, 엄마를 깊이 챙겨주는 아들이 듬직하고 고마웠다.

"난 어떤 자식인가요?"

엄마 생전에 장난삼아 물었다. 세상에서 제일 믿음직한 내 딸! 하며 엄지를 세웠다. 빈말이라도 기분 좋아 헤헤! 웃었다.

내 나이 이십 대 후반에 아버지가 돌아가셨다. 멀리 떨어져 사는 장손인 오빠를 대신하여 집안 대소사를 잘 챙기는 내게 엄마는 늘 우리 집 기둥이라고 했다. 칠 남매 중 넷째인 내가 엄마와 제일 가까운 곳에 살기도 하지만 나는 천성인지 무슨 일이든 그냥 지나치지 못한다. 그러니 엄마가 하는 말은 빈말이 아니었을 것이다.

아이들 교육 때문에 서울로 이사 오던 날, 엄마는 아버지가 돌아가신 날만큼 서럽게 울었다. 네가 없으며 나는 어떻게 살아야 할지 모르겠다고. 서울이 외국이냐고. 몇 시간이면 올 수 있는데 그런 걱정 마시라. 아기처럼 펑펑 우는 엄마 등을 다독거렸다.

서울로 온 후 하루도 빠짐없이 우리 모녀는 전화선 너머로 시시콜콜 이야기를 나누었다. 60대 후반에 뇌경색을 앓았던 엄마 혼자 있으니 더욱 신경이 쓰였다. 혹여 전화를 받지 않으며 동네방네 전화를 걸어 확인했다. 늘 불안한 형제들이 함께 있자고 하면 도시는 갑갑해서 싫다고 했다. 그래서 자신이 태어난 고향을 아흔둘, 세상을 뜰 때까지 떠나지 못했다.

오래전 일을 어제 일처럼 하나의 오차도 없이 했던 숱한 이야기. 특히 어부였던 아버지와 늘 헤어져 살았던 엄마는 아버지를 향한 애틋한 이야기를 할 때면 꼭 열일곱 수줍은 새색시였다. 그런 엄마가 안쓰러워서 똑같은 이야기를 수없이 해도 처음 듣는 것처럼 맞장구를 쳐주었다.

결혼 초, 아버지는 강제노역으로 끌려가 해방이 된 후 3년여 만에 일본에서 돌아왔다. 그리고 일찍 돌아가신 할아버지를 대신하여 가장 노릇을 하기 위해 배를 타기 시작했다. 일 년 중 여름이면 한 달여 가량 머물다가는 아버지를 대신하여 할머니를 모시고 우리 칠 남매를 키우며 집 안팎 일을 혼자 감당했다. 두어 달에 한 번씩 아버지 만나러 가면 만나는 시간은 고작 이삼일이었다. 그래서인지 엄마는 늘 아버지를 그리워했다. 나이 들면 함께 알콩달콩 사자고 했던 아버지는 환갑을 갓 넘기고 하늘나라로 가버렸다.

바느질이나 밭일을 할 때마다 흥얼거리는 엄마의 노랫소리가 참 슬프고 애처로웠다. 그게 다 층층시하에서 사는 스트레스 해소라는 걸 나중에 알았다. 그래서인지 난 어릴 때부터 유독 엄마를 따르고, 늘 옆에서 무슨 일이든지 함께 하려고 했다. 엄마는 언제나 엉덩이를 다독이며 말했다.

"니가 아들이여, 아니 우리 집 기둥이다. 내 딸이 없었으면 어째 쓸까 몰라. 니가 세상에서 최고여!"

나는 그런 엄마 말을 곧대로 듣고 더 잘하려고 했을 것이다.

"나 죽으면 누가 제일 많이 울랑가?"

지나가는 말로 물었다.

"엄마, 돌아가신 뒤에 울면 무슨 소용인데요. 엄마 서운치 않게 조금만 울래요."라고 했던 나는 아직은 더 울고 싶다. 당신 닮아 울보니 어쩌랴! 오매불망 그리워하던 아버지를 만나서 잊어버렸는지, 아니면 낯선 곳 적응하느라 바쁘신지 꿈속에서라도 한 번 봤으면 좋으련만 감감한 소식에 그리움만 더 쌓여 간다.

어릴 때는 말과 품성을 가르치는 엄마가 호랑이처럼 무서웠고, 자라서는 친구 같은 딸이지만 아들처럼 든든했다던 우리 엄마 김남순 여사! 많이 사랑했고, 앞으로도 영원히 사랑합니다.

그리움을
채우며

　가을이 깊어가는지 울긋불긋 물들어가는 감나무 단풍이 참 곱다. 이사를 앞두고 책장을 정리하려니 엄두가 나질 않았다. 커피한잔을 내려 마시며 어떻게 정리할까 궁리했다. 수필, 시, 소설, 동화집과 각종 문학지가 높고 낮은 책장 예닐곱 개에 가득했다. 우선 가까운 문우나 지인 책을 먼저 고르기로 했다.

　책 제목과 작가 이름, 그리고 장르별로 나누었다. 개인이 보낸 책 표지 다음 장에는 하나같이 '서동애 작가에게' 서두로 나를 향한 사랑과 진심 어린 글귀가 있었다. 이미 세상을 등진 작가도 몇명 있었다. 가슴이 찡했다. 그들과 함께한 수많은 일이 주마등처럼 스쳤다. 그중에서 '낙수 물통이 있는 풍경'이란 J 수필가의 저서가 눈물샘을 자극했다.

　아름다운 가을 풍경을 좋아하던 수필 동인 J가 유방암으로 떠난

지 어느덧 10년이 다 되었다. 늦둥이를 키우며 펴낸 자신의 첫 수
필집 출판기념회에 지각하고도 당당했던 그녀. 사업하는 남편을
도우며 아들 셋에 독서와 글쓰기 지도까지 몸이 서너 개라도 모자
랄 정도로 문학 활동에도 적극적이었다. 그와 가까워진 동기는 수
필 동인 임원을 하면서부터다. 같은 아파트 단지에 사는 또 다른
동인과 우리는 자주 만났다. 부부끼리도 가끔 태백산을 비롯하여
수도권에서 멀지 않은 곳으로 산행하며 더욱더 돈독해졌다.

2008년 가을이 무르익어가는 주말을 맞아서 그의 부부와 근처
사는 또 다른 동인 부부와 함께 억새로 유명한 포천 명성산을 갔
다. 백운호수 부근에 주차하고 각자 가져온 음식과 음료수를 나누
어 배낭에 담고 산 정상을 향해 출발했다. J는 얼마 오르지 못하
고 앞서가는 나를 불렀다. 아니 듬직한 남편을 두고 왜 나냐고 핀
잔을 줬다.

"아따, 샘이 편해서지요. 아니 언니!"

"자기가 필요할 때만 언니야."

오던 길을 되돌아 내려가 마주한 그의 온 얼굴에는 빨갛게 열꽃
피고 땀이 줄줄 흘러서 작은 갈래 길이 서너 개 생겼다. 웬 땀을 이
렇게 많이 흘리느냐? 어디 아픈지 물었다. 바위에 걸터앉아 땀을
식히는데 그가 놀라운 이야기를 했다. 실은 얼마 전 받은 건강검진
에서 유방에 이상이 있어서 재검사를 했다며 집게손가락을 입에
대고 쉿! 비밀이라고 했다. 남편은 모르는지, 그게 어디 비밀로 숨

길 일인가? 하고 되묻자, 남편은 알고 있지만 다른 사람이 아는 건 싫어서라고 했다. 그가 비밀로 하라고 한 이유는, 지난 1월에 또 다른 질환으로 한 달여를 병원에 입원한 이력 때문이었다.

그의 배낭에서 음료수와 음식을 내 배낭으로 옮겨 담으며, 너무 힘들면 그만 내려가자고 하자, 이왕 온 것 정상까지 가고 싶다는 그를 앞세우고 천천히 산을 올랐다. 그게 그와의 마지막 산행이 되고 말았다. 앞서가던 그의 남편이 우리가 보이지 않자 찾아서 내려왔다.

내게 맞은 삶

저녁이면 대야에 물을 가득 담아 그 속에 발을 담근다. 물속에 잠긴 발에 거멓게 가라앉은 멍든 자국이 유난히 선명하다. 그게 모두 구두 때문이다. 아니 더 엄밀히 말한다면 못생긴 발 때문이다. 나는 이런 발에 대해 불만이 이만저만이 아니다. 이왕이면 내놓고 다녀도 남 보기 흉하지 않을 모양을 타고났더라면 얼마나 좋으랴 싶다. 평발에 양옆으로 볼록 튀어나온 둥근 뼈, 내가 보아도 곱지가 않다. 구둣가게에 가서도 예쁜 구두는 '그림의 떡'이다. (중략)

- 장미남, 《낙수 물통이 있는 풍경》 중에서

그가 평발에 양옆으로 볼록 튀어나온 둥근 뼈가 있다는 걸 깜박했다. 평지도 걷기 힘든데 울퉁불퉁한 산길을 걷자니 오죽 힘들었을까. 호젓한 길을 걸으며 어김없이 구두를 벗어 맨발로 걸으며 '아! 살 것 같다.'라는 소리가 귓가에 맴돈다.

산행을 다녀온 이틀 후, 그에게서 전화가 왔다. 재검 결과가 겁이 났기에 마음 졸이며 받았다. 유방암 3기라고 하는 말에 기우이길 바랐던 일이 현실이 되고 말았다. 어쭙잖은 위로 따위는 아무런 도움이 되질 못 할 것 같아 나는 입도 뻥긋 못 했다. 무섭고 두렵다며 흐느끼는 그와 만나자마자 부둥켜안고 한바탕 서럽게 눈물을 쏟았다.

얼마 후 한강 변에 있는 A 병원에서 다시 검사한 후 수술받았다. 림프샘까지 전이되어 예상보다 더 심각하다는 담당 의사의 말에 그의 남편 얼굴에는 절망이 가득했다. 어찌 자신의 몸이 그 지경이 되도록 몰랐는지 참 바보였다는 그의 넋두리가 절절했다.

그가 입원해 있는 동안 수시로 병문안을 하러 갔다. 그의 친언니가 간병하고 있었지만, 내가 가면 힘드니 쉬고 오라며 언니를 한사코 밀어냈다. 언니보다 선생님이 더 편하다고 할 만큼 우리는 마음을 터놓고 지내는 사이였다.

퇴원 후 방사선과 항암 치료를 병행하며 힘든 투병 생활을 했다. 어느 날, 내 김치를 먹고 싶다고 했다. 이것저것 챙겨서 그의 집으로 갔다. 가져간 김치를 쭉 찢어서 한입 먹더니 살 것 같다고 했다.

첫 항암 주사를 맞고 온 다음 날, 새벽녘에야 겨우 잠이 들었는데 방 문틈으로 들어오는 역겨운 기름 냄새에 속이 울렁거린 게 입 덧은 왔다가 울고 갈 정도로 힘들었다며 하소연했다. 더구나 사업 하느라 집안일은 젬병이었던 남편이 아이들을 챙기고 회사 일까 지 하는 걸 보노라면 마음이 아프다고 했다.

힘든 치료를 마치고 2년여를 독서수업과 창작, 문학 활동을 열 심히 했다. 재발하여 치료했지만, 소생이 힘들다는 그의 남편의 연 락을 받고 부랴부랴 병원으로 달려갔다. 병원에 도착하여 병실을 가는 동안 그는 이미 숨을 멈추었다. 병실 앞에 다가서자 간호사 가 운명하시어 장례식장으로 막 이동했다는 말에 순간 온몸이 맥 이 풀리면서 휘청했다. 너무 황망하여 장례식장으로 가는 동안 제 발 꿈이길 빌었다.

그곳에서 서성거린 지 20여 분 후, 남편과 아이들이 보였다. 나 는 그의 남편을 도와 장례식에 필요한 영정사진과 필요한 물품 등 그를 떠나보낼 준비를 했다. 평소 그가 좋아하는 사진으로 정했다. 장례식장이 정해지고 아직 빈소 제단이 준비되기 전 나는 첫 번째 조문(弔問)자가 되어 목놓아 울었다. 아랫사람을 먼저 보내야 하는 기막힌 심정, 한 치 앞을 볼 수 없는 인생이 참 허무했다. 그와 관 련된 문학 단체 및 가까운 문인들에게 부고를 알렸다. 특별히 할 일은 없었지만 쉽게 그곳을 떠나지 못하고 저녁 늦게야 집으로 돌 아왔다. 문인과 동인들은 하나같이 천수를 다하지 못하고 가는 그 를 추모하며 몹시 안타까워했다.

장지를 향해 가는 길목은 그와 함께했던 추억이 서러운지 쉼 없이 쏟아지는 빗줄기에 한층 더 서러웠다. 하관을 마치고 내가 그의 시를 낭독하자, 동행했던 두 문우도 숨죽여 울었다. 우리는 유난히 두물머리와 남한강 둘레길을 많이 다녔다. 남한강의 새봄부터 여름, 가을, 겨울 풍경 속에서 나누었던 우정을 가슴에 새기고 영원한 안식처인 봉분을 어루만지며 그와 마지막 인사를 나누었다.

　　지금도 수필 동인들과 모이는 날은 J의 이야기가 단골 메뉴처럼 등장한다. 짧은 생이 아쉽고 서럽지만, 아직도 기억하고 있다는 건 그가 우리 안에 크게 자리하고 있다는 방증이다.

　　책 정리를 뒤로 미루고《낙수 물통이 있는 풍경》을 통독하며 그가 남기고 간 글 밭에서 뒹굴며 밤이 깊도록 울고 웃었다. 오늘따라 정말 그립다.

필리핀
문화체험 기행

#1

2014년 11월 3일. 손꼽아 기다리던 필리핀으로 문화체험 가는 날. 새벽 4시에 일어나 여권과 여행사에서 미리 보내준 일정표를 다시 한번 확인 후, 5시 15분 인천공항으로 가는 버스를 탔다. 1시 간여 만에 인천국제공항에 도착했다. 집결 장소인 3층 카운터에서 여행사 K 이사를 만나서 명찰과 일정표 등을 받았다.

이번 필리핀 여행은 제35회 근로자문화예술제 수상자 25명과 인솔자인 근로복지공단 과장, KBS 팀장과 PD, 그리고 후원업체인 기업은행 팀장 등 27명이 함께했다. 이른 8시 15분 인천공항을 이 륙하여 약 3시간 30여 분 만에 필리핀 수도인 마닐라 니노이 아키 노 국제공항에 도착했다. 이 공항 이름은 필리핀 정치인 베니그노 아키노 2세의 이름을 따서 지어졌다고 한다.

입국 심사를 마치고 공항 밖에서 기다리고 있던 한국 안내자인 K 안내로 전용 버스에 올랐다. 잠깐이었지만 몸은 땀에 흠뻑 젖었다. 이날 마닐라의 기온이 섭씨 34도라고 했다. 우리나라 한여름보다 높은 기온이었다. 난 추위보다 더위를 즐기는 편이라서 괜찮았다.

우리 일행은 버스를 타고 곧장 점심을 먹으러 갔다. 교포가 운영하는 식당에서 된장찌개와 돼지고기 고추장볶음으로 다들 시장한 지 맛나게 먹었다. 점심이 끝난 후 필리핀 문화체험 일정 동안 묵을 숙소 다이아몬드 호텔로 갔다. 난 잠자리가 바뀌면 잠을 못 자는 습관 때문에 담당자에게 미리 양해를 구하고 시상식에서 만난 K 수필가와 같은 방을 배정받았다.

키를 받아들고 방으로 들어서자 창문 너머로 필리핀 바다가 한눈에 들어왔다. 필리핀에 처음인 난 그저 모든 게 좋았다. 섬에서 태어나 바다를 좋아해서 그런지 필리핀의 첫인상이 마음을 사로잡았다.

마닐라 만이 보이는 로하스 거리에 있는 숙소는 바다, 육지, 그리고 해와 달, 낮과 밤 등 자연 소재의 개념으로 부드러우면서도 은은하고 포근했다. 각자 자신의 본업에 충실하면서 예술가의 꿈을 승화해가는 수상자에게 편안히 휴식할 수 있도록 한 주최 측의 배려심이 돋보였다.

짐을 풀고 잠시 휴식을 취한 후, 곧바로 문화체험 첫날 일정을 위해서 우리나라 국립현충원 같은 리잘 공원을 찾았다. 이 공원은 필리핀에 국빈이 오면 꼭 찾는 곳이라고 했다. 하지만 우리나라 현충원과 다르게 아무나 들어가 참배할 수 없어서 조금 아쉬움이 남았다. 필리핀 영웅이자 독립운동가인 호세 리잘은 우리나라 유관순 정도 되는 훌륭한 운동가라고 했다. 그곳에 사형 당시를 재현해 놓았다. 그는 등을 지고 총을 맞아 죽었는데 그 순간을 필리핀 사람들은 아주 자랑스럽게 여긴다고 했다. 타국의 지배에 굴복하지 않는다는 굳은 의지를 엿볼 수 있는 부분이다. 필리핀 사람이라면 리잘을 모르는 사람이 없으며 교과서에도 실린 독립운동가다. 이 나라에서 유명한 위인으로 당연히 호세 리잘을 앞세운다고 한다.

호세 리잘(1861~1896)은 루손 섬 칼람바의 부유한 지주의 집안에서 태어났다. 의사이며 과학자이다. 스페인으로 유학하여 1892년 귀국하여 필리핀 민족동맹이란 단체를 조직하여 스페인 식민 당국에 민족주의적 비폭력 저항 운동을 전개했다. 1896년 발생한 반식민 폭동 공모 혐의로 체포되어 1896년 12월 30일 처형되었다. 처형되기 전날 '나의 마지막 작별'이란 한 편의 시를 써 필리핀 민족주의를 고취했다고 한다.

리잘 공원을 아직도 많은 마닐라 시민은 누네 따 공원으로 부른다. '누네 따'라는 말은 옛날 스페인 식민시대 때 인트라무로스에 일곱 개의 성문이 있었는데, 그중 한 성문을 방어하기 위해서 초승달 모양의 보루를 쌓는다는 데에서 유래한다고 했다. 공원에는 아직 해가 지기 전인데 많은 사람이 가족과 함께 나와 담소를 즐기고 있었다. 분수대 가까이 있는 야외 공연장은 매주 일요일 무료공연이 열린다고 한다. 무엇보다 잘 정돈된 푸른 잔디광장이 하늘과 맞닿아 싱그러웠다. 공원에는 동상이 여러 개 있었다. 그중 필리핀의 모세 사회를 그대로 보여주는 동상이 눈에 띄었다. 남성이 어머니 밑에서 울고 있는 모습이 특이했다. 예전 우리나라와는 정반대로 딸을 더 우대한다고 했다.

마닐라 베이의 로하스 볼라 바드 대로를 따라 북쪽으로 올라가다 리잘 공원 지나 바로 있는 '벽 안의 도시' 인트라무로스에 도착했다. 먼저 우리를 반긴 건 저녁놀이 비춰서 더 웅장한 마닐라 대성당이었다. 인트라무로스 내 로마광장이라 불리는 광장은 1581년에 세워진 마닐라 대성당으로 스페인 통치의 유산이라고 했다. 포교에 큰 역할을 해냈고, 총 일곱 번이나 화재와 태풍, 지진 등으로 파괴될 때마다 새로 지었으나 최후로 2차 세계대전 때 미국의 공격으로 완전히 파괴되었다. 필리핀 건축가 페르난도 오캄포에 의해 재건된 현 건물은 당시의 모습을 그대로 살려가며 바티칸의 원조를 받아 세웠다고 했다.

필리핀에서만 독특하게 존재하는 종교적 상징주의로 만든 스테인드글라스 창문과 성당의 역사를 묘사해주는 청동 문으로 유명한 로마네스크 비잔틴 양식으로 1958년 재건된 것이라고 했다. 무엇보다 18세기에 만들어졌다는 '파이프 오르간'이 유명한데 아쉽게도 우리가 도착하자마자 마감 시간이 되어 볼 수 없었다. 아시아에서 제일 크다고 하니 더 궁금했다.

또한 강과 바다가 보이는 하구에 자리 잡은 인트라무로스는 과거 마닐라 상업과 교역의 중심지로 강을 통하여 내륙으로 침입하려는 왜구나 해적을 방어하기에 최적의 조건을 갖춘 요새와도 같은 곳이다. 마차를 타고 성을 한 바퀴 둘러보는 데 30여 분이 걸렸다. 성벽 도시로 불리는 인트라무로스는 마닐라 중심부를 흐르는 파시그 강 남쪽 제방을 따라 16세기 말 스페인 정복자들이 세웠다. 따라서 스페인 시대의 흔적이 그대로 남아 있었다. 성벽 길이는 약 4.5km, 내부 면적은 약 19만 4천 평으로 외부의 공격으로부터 자신들을 보호하기 위한 것이었다. 거주지, 교회, 학교, 정부청사가 있었고 외부인의 출입을 철저히 통제하여 1898년 미국에 점령당할 때까지 번성하였다. 그 후 2차 세계대전이 발발하자 일본의 점령 하에 놓이게 되었고, 1945년 필사적으로 대항하던 일본군에 대한 미국의 포격으로 많은 부분이 파괴되었다. 폐허로 변한 성벽 도시를 재건하기 위해 무너져 내려앉을 것 같은 모습은 길 하나를 사이에 두고 부자와 서민이 사는 곳이란다.

#2

문화체험 4일째. 마닐라에서 버스로 두 시간 거리에 있는 세계 7대 절경인 팍상한 폭포를 갔다. 막다피오 강을 현지인이 나무 보트인 방카에 두 사람을 태우고 오직 인력으로 곽상한 폭포 정상까지 안내했다. 폭포에서 쏟아지는 물이 소용돌이치는 물길을 익숙한 솜씨로 배를 몰았다. 폭포로 이동하는 중간에 깎아지른 듯한 절벽과 함께 서 있는 야자나무는 한 폭의 그림이었다. 곽상한 폭포는 낙차가 40m로 통대나무로 엮어 만든 통나무배를 타고 폭포 밑으로 이동하여 직접 체험했다. 더운 필리핀의 무더위를 한순간에 날려버렸다.

필리핀 문화체험이 어느덧 마지막 날. 빌라 에스쿠데로 전통문화 체험 길에 올랐다. 마닐라에서 남쪽으로 80km 떨어진 산파블로 시는 귀족 빌라에스쿠테로 가문이 필리핀 최대의 야자 농장으로 1872년부터 운영하여 현재까지 3대째 유지 관리하는 곳이다.

도착 즈음이 점심시간과 맞물려 호수를 막아 인공 댐을 만들어 시원하게 내려오는 라마신 폭포 앞 물줄기를 배경으로 마련된 식탁에서 발목이 넘은 20여cm 깊이의 물에 발을 담그고 필리핀 전통식으로 밥을 먹었다.

점심 후, 금요일부터 일요일까지 열리는 민속 전통 공연을 관람했다. 공연 도중 공연자가 야자나무로 만든 물고기 모양을 객석으로 내려와 나누어주었다. 나는 돈을 달라고 할까 봐 선뜻 받지 못했는데 안내자가 눈짓으로 받아도 된다고 했다. 일행 중 서너 명만 받는 행운을 안았다. 화려한 의상을 입고 노래와 춤을 추었다. 내용은 알 수 없지만, 오랜 외세 지배를 받아서인지 슬픈 노래라는 걸 느낄 수 있었다. 잘 다듬어진 농장에서 큰 물소가 끄는 카라바우라는 수레를 타고 현지인 부부가 들려주는 노래를 들으며 가문 종합박물관으로 이동했다. 박물관에는 300년 이상 된 종교예술품과 동양 도자기와 옛 의상이 전시되어 있었다. 수많은 야생동물 표본은 보는 내내 무서웠다. 2차 세계대전 관련 유품과 스페인 식민지 시대부터 유래된 각종 역사물이 1, 2층으로 나누어 잘 보존되었다. 우리나라 골동품도 눈에 띄었다. 필리핀의 전통 문화를 제대로 체험하는 유익한 관람이었다.

문화체험을 하는 동안 우리나라처럼 필리핀도 옛날 스페인과 미국, 그리고 일본의 식민지로 참 불행한 나라였다는 생각이 많이 들었다. 그래서인지 필리핀은 아직 1970년대 모습 그대로였다. 필리핀 사람들의 국민성을 종합해보면 온순하고 순박하며 낙천적이고 쾌활하며, 게으르고 노는 것을 필요 이상으로 좋아한다고 했다. 물론 이 부분은 개인마다 다를 수 있지만, 매사에 느긋한 것은 더운 나라 사람들의 본성이라고 했다. 그것을 증명이라도 하듯이 마닐라 가로수 아래는 특별히 할 일 없는 사람들이 온종일 붐볐다.

4박 6일의 짧지 않은 기간 동안 관계자의 깊은 노고로 문화와 역사, 풍경 등 다양하게 경험했다. 근로자문화예술제 필리핀 문화체험은 나에게 유익하고 큰 의미로 남을 것이다. 즐겁게 함께한 예술가들도 자기 분야에서 더욱더 발전하길 소망한다.

무궁화 날을
아시나요?

　불볕이 한창인 8월 8일, 순국선열과 호국 영령이 잠들어 있는 국립서울현충원에서는 제24회 무궁화 축제가 열렸다.

　더운 날씨에도 해가 거듭될수록 축제를 즐기려는 사람들이 겨레 얼마당에 모여들어 무궁화 속에서 망중한을 즐겼다. 이번 행사는 국립서울현충원과 산림청이 주관해서 전시한 무궁화나무로 만든 분재와 분화는 품평회를 통하여 개막 날에는 시상식도 있었다. 전국에서 밀집한 무궁화는 각양각색의 모양으로 자태를 한껏 뽐냈다.

　무궁화 축제 개막일인 8월 8일은 '무궁화의 날'이다. 나도 처음에는 무궁화의 날이 있는지조차 몰랐다. 국립현충원 블로그 기자를 하면서 알게 되었다. 주변 문우나 지인들에게 알려주면 다들 낯설어하고 "정말! 그런 날이 있다고?" 하며 놀랐다.

무궁화 날을 만든 주체가 민간단체인 무궁 나라 소속 무궁화기자단 어린이라는 게 더욱더 놀라울 일이다. 그들이 중심이 되어 전국 1만여 명의 어린이들 서명으로 만들어졌다고 한다. 인터넷으로 전국적인 서명을 받았으며, 정부에서 주관하는 대한민국 어린이 국회에서 어린이들이 이에 관한 특별 정책 보고도 했다고 한다. 이렇듯 무궁화의 날의 주인공은 대한민국 어린이들이다.

물론 무궁화 날을 정한 데는 각계각층의 전문가와 국민의 의견 수렴 과정을 거쳤다. 이날로 정한 이유는 무궁화가 전국적으로 가장 많이 피는 시기고, 숫자 8을 옆으로 누이면 무한대 기호(∞)가 돼 끝이 없다는 '무궁(無窮)'과 의미가 같아서, 또 국민이 기억하기 쉽기 때문이라고 한다. 광복절을 앞두고 나라 사랑에 대한민국 국민의 관심이 높은 시기이며 역사적으로도 흠결이 없는 날인 것을 확인한 후 최종 결정됐다.

모 신문에 게재된 S 대학교 K 교수에 따르면 2007년 8월 8일, 어린이들이 만든 무궁화 날이 민의의 전당인 국회 의원회관과 독도와 울릉도에서 동시에 선포된 후 국회의원들은 무궁화 관련 법률안을 경쟁하듯 발의했다고 한다. 이에 정부에서도 무궁화 관련 정책을 다시 챙기기 시작하고, 무궁화 선양 관련 종합계획이 수립되는 계기가 되었다고 했다. 이 계획에 따라서 수백억 원을 지원하는 무궁화 중심도시들이 만들어진 것도 결국 이 어린이들의 땀과 노력의 결실이었다.

어린이들이 이룬 무궁화 사랑 실천이 사회 변화를 이끌어 대견하고, 미래 우리나라를 이어갈 어린이들이 참 든든하고 장하다. 그러나 부끄럽게도 어린이들에 의해 무궁화의 날이 만들어지는 과정을 보고 법제화를 약속했던 많은 국회의원이 법률안 발의만 하고는 이후부터 대부분 외면했다. 2008년부터 관련 법률안이 10건 가까이 발의됐지만, 법률로 제정되기는커녕 관련 상임위원회조차 통과한 안이 하나도 없다고 하니 아이들에게 참으로 부끄러운 일이다.

우리가 다 알고 있는 나라꽃 무궁화는 제정과 근거, 유래가 뚜렷이 있는 것이 아니며 다른 나라도 마찬가지다. 나라에 가장 많이 피고 그 국민이 사랑하며 자랑삼는 꽃이 국화로 지정되어 있어 나라꽃만 보아도 민족성이나 풍속을 짐작할 수 있다. 무궁화는 삼국시대 이전에도 우리 민족과 인연을 맺는 꽃이다. 무궁화는 19세기 중엽, 영국의 꽃을 사랑하는 이들이 각 나라의 문장이나 훈장, 화폐나 우표의 도안 등에 흔히 쓰이는 꽃이다. 또는 문학이나 전설과 인연이 깊은 꽃을 그 나라와 연결 지은 데서 그 나라를 상징하는 꽃으로 퍼졌다고 알려졌다.

무궁화는 국가의 상징으로 그 자체가 곧 대한민국이다. 무궁화는 세계에서 유례가 드물게 국민에 의해 나라꽃으로 정해진 '민중의 꽃'이라고 한다. 나라에서 정한 국화(國花)가 아닌 국민이 만든 무궁화의 소중함과 그 정신을 다시금 되새기고, 앞으로 이날이 무궁토록 이어져 가도록 바람을 가져 본다.

무궁화는 영원히 피고 또 피어서 지지 않는 꽃, 일편단심, 은근과 끈기, 섬세한 아름다움이란 꽃말을 갖고 있다. 그중에서 일편단심이란 꽃말은 한때 일본인들이 우리 무궁화를 못 피우게 하려고 홍천에 핀 무궁화 수만 그루를 불태우기도 했다. 무궁화를 보거나 만지면 눈에 핏발이 서거나 부스럼이 생긴다고 거짓 소문을 퍼뜨리면서 눈의 피 꽃, 부스럼 꽃이라고 부르기도 했다.

이런 수난 가운데도 온누리에 퍼졌던 무궁화를 보기 어려울 때도 있었다. 화사한 꽃만 찾는 관상 취미의 변화로 정원수로도 버림받고, 유실수와 같은 경제 수목도 아니기에 산림녹화 때도 외면당했다. 진딧물과 벌레가 많이 끼어 불결하다는 것도 흠의 원인이기도 했다. '태극기나 애국가에 대한 존경과 애정의 결핍을 나라꽃에서도 보는 듯하다.'라고 한 무궁화 관계자는 '개나리나 진달래로 국화를 바꾸자는 논의도 있었지만, 오랜 나라의 상징을 함부로 조령모개(朝令暮改) 하는 법이 아니다.'라고 했다.

축제 부대행사로 잎과 줄기로 만든 무궁화 수제 차는 무궁화 효소로 만든 빵과 함께 아주 잘 어울리는 먹거리로 인기가 많았다. 무궁화를 이용한 떡을 처음 맛을 보며 어느 떡과 별반 다르지 않았지만, 나라꽃으로 만든 떡이라 의미가 특별했다. 꽃 누르마(압화)는 살랑살랑 춤추는 부채 위에 활짝 피었다. 무궁화 손톱 다듬기와 페이스 페인팅 코너에는 많은 관람객, 특히 아장아장 걷는 어린이까지 따가운 햇볕에도 아랑곳하지 않고 줄을 서서 기다렸다.

국립서울현충원의 수많은 묘역 가에 활짝 핀 여러 종류의 무궁화는 순국선열과 호국 영령들이 나라의 안위와 고향을 그리는 애절함을 충절로 피우고, 뭉게구름 노니는 파란 하늘을 향하여 힘차게 고개를 들었다.

어린이들이 만든 무궁화의 날을 우리가 기억하고, 우리 국화(國化)를 더욱 사랑해야겠다.

부부
닮는다

오월 하순 동인 출판기념회가 제주시 애월읍 곽지리 '시가 있는 해송(海松)의 집'에서 열렸다.

김포공항에 서울 문학 동인들과 제주로 향했다. 비행기는 한 시간여를 날아 한라산의 높은 봉우리를 휭 돌아 제주공항에 살포시 내렸다.

마중 나온 K 시인은 우리를 태우고 검은 돌담 아래 노랗게 익어가는 보리밭을 지나 철 이른 북제주의 푸른 해안을 끼고 달렸다. 차는 문학회 K 회장 집에 도착했다. 미리 나와 우릴 기다리던 제주 동인들과 짧은 인사를 나누고 예쁜 분홍색 대문을 밀고 들어섰다.

마당에는 오월의 신록, 파란 잔디와 등 굽은 청정한 해송과 출판기념회를 알리는 플래카드가 맑은 제주의 봄 하늘을 수놓았다. 멀리 한눈에 보이는 한라산, 1년이면 통째로 볼 수 있는 날이 그리

많지 않은 한라산이 손을 뻗으면 닿을 듯이 눈앞에 서 있었다. 집 뒤에는 시원한 곽지리 봄 바다 내음이 정겹다.

큰 해송 나무의 기다란 그림자가 드리울 무렵, 초록 잔디 위에 놓인 의자에 자리를 잡고 앉았다.

문학회장의 인사를 시작으로 참석한 회원들은 자신의 창작 활동과 근황을 간단명료하게 소개하고, 출간한 동인 집에 실린 자작시 낭송을 시작하자마자 지나던 주민이 낮은 돌담에 턱을 괴고 호기심 가득한 표정으로 구경했다. 어느새 마을에 소문이 퍼졌는지 하나, 둘 모이더니 나중에는 마당으로 들어와 함께 시 낭송에 참여했다. 시 낭송은 태어나 처음이라는 K 회장의 구순의 백발의 아버지부터 유치원생, 젖먹이까지 다양한 연령층이 함께한 출판회는 더욱 빛났다. 우리 문학지의 편집부장이자 K 회장의 부군이신 L 선생님의 연주는 행사의 꽃으로 단연 돋보였다. 애절한 색소폰 소리에 사람들은 두 손을 모으고 눈을 지그시 감았다.

회원들이 다 참석하지 못하여 조금 아쉬웠지만, 기념사진을 찍을 때는 회원들의 얼굴은 애월 곽지리 붉은 저녁노을처럼 빛났다.

행사를 마치고 K 회장이 온갖 정성으로 손수 장만한 제주 토속음식을 다들 거부감없이 잘 먹었다. 문학의 힘과 서로의 정을 확인하는 유쾌한 저녁이었다. 제주의 밤바다를 만나러 곽지리 모래톱을 찾았다. 아직 바닷바람이 옷을 여미게 했지만, 까만 바다에

간간이 보이는 불빛에 마음을 부리고, 별이 둥둥 떠 있는 제주 하늘에 둥실 뜬 보름달 아래서 저마다 가진 장기자랑을 하면서 동심으로 내달았다.

다음 날 아침을 간단히 먹고, 서서히 비치는 햇살에 한라산이 밤새 숨겼던 몸을 드러내자, 모두 '와, 한라산이다!'를 외쳤다. 우리는 해송 나무 아래 다시 모여서 간밤의 오락에 저마다 행복했던 순간을 유감없이 토했다. 그때 스멀스멀 커피 향이 번지는 쟁반을 들고 K 회장 부군이 나타났다. 부부의 모습이 어쩌면 저리도 닮았을까.

아담한 키에 콧수염이 반백인 남편과 그의 키에 비등한 K 회장 또한 온화한 미소와 조용한 말씨까지. 부부는 함께한 세월만큼 닮는다고 하거늘 헛말이 아니었나 보다.

언젠가 읽고 흥미를 끌었던 '부부는 닮는다' 과연 사실일까? 이 속설을 증명해 낸 연구가 나와 영국 리버풀 대학의 연구진은 남녀 각 11명에게 부부 160쌍의 사진을 뒤섞은 뒤 인상이 닮은 남녀들을 고르라고 했다. 그 결과 놀랍게도 서로 닮은 것으로 지목된 남녀 가운데 '실제 부부가 상당히 많았다'라는 내용이 기억나 슬그머니 웃음이 나왔다.

이처럼 부부는 마음을 나누다 보면 말씨와 생각이 비슷해지고 얼굴도 닮아간다. 닮지 않으면 그게 이상한 것이란다. 또한 부부가 닮는다는 것은 잘살아왔다는 뜻이다. 어느덧 하나가 되어간다는 뜻이고, 끝까지 하나가 되어 잘 늙어가라는 깊은 뜻이라고 한다. 그러니 몸은 마음을 따라가기 마련이겠지. K 회장 부부의 모습은 2박 3일 제주에 머무르는 동안 내내 마음을 훈훈하게 했다.

과연 우리 부부는 어떨까. 결혼 40주년이 코앞인데 어떤 모습이 닮았을까. 곰곰이 생각해 봐도 닮은 게 없다. 잠도 남편은 초저녁 나는 한밤중. 남편은 된밥 좋아하고, 나는 반대로 촉촉한 진밥을 좋아한다. 그래도 갓 담근 생김치를 좋아하는 것은 닮았으니 후유! 그나마 다행이다. 이제라도 남편 좋은 점을 찾아 닮아가도록 노력해 보련다.

어느 구두 수선공의 왼손

절정을 치닫던 단풍도 갈 곳을 찾아드는 늦가을. 오랜 지기 문우에게서 '고향 초등학교 친구가 방송에 출연한다.'라는 문자가 왔다.

K 방송국의 한 프로인 강연 100℃에서 전국의 시청자를 울린 바로 그 감동의 에세이 '나의 왼손'의 주인공 강석란이었다. 이미 오래전에 글벗으로부터 이야기를 듣고 책을 읽었던 터라, 나는 집중하여 텔레비전 화면에 눈을 꽂고 혹여 한마디라도 놓칠세라 귀를 쫑긋했다.

세계 자살률 1위! 하루 평균 42명. OECD 34개국 중 행복지수 26위. 국민 36%만이 자신의 삶에 만족하는 급속한 성장의 이면에 가려진 우리의 슬픈 현실이다. 날로 치열해지는 경쟁력과 각박한 현실에 희망과 용기를 주고 위안을 얻을 수 있는 이야기였다.

그는 1954년, 충청남도 서산시 팔봉면에서 태어났다. 어린 시절 두 언니와 함께 등잔불 밑에서 공부를 하던 겨울 어느 날, 등잔에 석유를 따르다가 그녀에게 불이 옮겨붙어 생명이 위험할 정도의 전신화상을 입고 말았다. 피부 이식이란 말도 생경하던 시절, 2년 여 동안 심한 화상의 상처로 죽음을 넘나들었다.

왼손은 불에 다 타서 손가락뼈가 다 녹아내렸고, 엄지손가락 한 마디만 겨우 붙어있었다. 의원은 그녀의 왼손에 상처가 너무 깊어 손목을 잘라야 생명을 구할 수 있다고 말했고, 그 말을 들은 그녀는 며칠 동안 제발 손을 자르지 말아 달라고 울면서 애원한 덕인지 손목은 잘리지 않았다. 보는 내내 가슴을 졸이다가 그 한마디에 '후유! 정말 다행이다.' 나는 모둠 숨을 토해냈다.

화상의 후유증으로 아래턱은 완전히 녹아 없어져서 물을 마셔도 줄줄 흘러내렸고, 겨우 앞니 두 개만 남아 토끼처럼 보였다. 턱과 목이 붙어서 아래로 숙어진 얼굴은 눈까지 아래로 끌어당겨져 고개를 들고 하늘을 볼 수가 없었다.

2년 동안 화상의 상처와 생사를 넘나들던 그는 회복 후 학교에 다시 갔지만, 아이들은 그녀를 괴물 취급하며 찌르고, 침을 뱉고, 온갖 별명을 다 붙여서 왕따를 시켰다. 간신히 초등학교를 졸업한 그녀는 몇 번의 자살 시도를 했지만, 그녀를 살려내기 위해 혼신을 다 바친 어머니를 두고 죽을 수도 없었다고 했다.

어느 날 친구 소개로 교회에 나가면서 안정을 찾았다. 그 후 척

추장애인 남편을 만나 결혼하여 두 아이의 엄마가 된 그녀는 화상의 후유증이 아이들의 상처가 되는 것을 알고, 화상을 입은 지 25년 만에 국가의 보조를 받아 피부이식수술을 받았다. 배와 대퇴부에서 피부를 떼어내 목을 만들고 입술도 만들었다. 수술 후 끔찍한 화상의 후유증에서 벗어나 새로운 행복을 꿈꿀 즈음, 구두 수선을 하던 남편의 건강이 악화하여 남편을 저세상으로 떠나보냈다.

그녀는 두 아이를 키워야 하는 가장이 되었다. 그러나 장애를 입은 손 때문에 일자리를 구할 수 없었다. 어쩔 수 없이 불구의 손으로 남편이 했던 구두 수선 일을 이어받아 구두 수선을 시작했다. 남매를 대학원까지 키워 아들은 목사가 되었고, 딸도 대학원을 나와 목사의 사모가 되었다.

일이 서툴러서 못에 찔리고, 칼에 베이고, 망치로 맞아서 하루도 성할 날이 없던 왼손의 엄지 한마디가, 지금은 노련한 장인의 손길로 거듭나서 사람들의 발길을 안전하고 가볍게 인도하는 구두 수선공의 효자 노릇을 하고 있다고 한다.

"어제까지 죽을 결심을 하고 어떻게 죽을까 고민하고 있었어요. 그런데 이젠 살아야 할 것 같아요. 용기를 주셔서 감사해요."

"세상에 왜 나만 이렇게 힘들까? 원망만 했어요. 그런데 당신의 삶을 보고 힘을 얻었어요. 감사합니다."

그렇게 자신의 이야기가 알려지자 전화가 너무 많이 걸려와 일을 못 할 정도라고 했다. 하지만 나의 삶이 누군가에게 용기가 되고 위로가 된다는 걸 생각하면 바로 이런 행복이 세상에서 가장 큰 행복이고 기쁨이라고 말했다.

강연하는 동안 침착하게 이야기하는 그의 모습과 달리 방송이 끝나자 내 두 눈은 벌에 쏘인 듯 퉁퉁 부어 있었다.

문우의 말을 빌자면 강연 방송이 나간 후, 그에게 수많은 사람이 격려 전화와 감사 편지를 보냈다고 한다. 어떤 사람이라도 그의 말을 듣고 삶의 용기를 얻지 않겠는가. 죽음과 절망의 늪에서 힘겹게 살아온 그가 더욱더 빛나는 삶을 영위하길 빈다.

노학자(老學者)의
즐거움을 탐닉하며

설날 차례 준비로 바쁜 날, 늘 존경하던 이화여대 명예교수이신 L 박사님의 전화를 받았다.

"서 선생, 이번에 책을 출간했는데 보내주고 싶으니 주소를 알려 주세요."

나는 달포 전 20여 년 살던 서울을 떠나 고흥으로 옮긴 새 주소를 알려주었다.

새해 연휴가 지나고 싸인 본 책이 배달되었다. 따끈하게 불을 지핀 방바닥에 엎디어 책을 읽기 시작했다. 《나는 죽을 때까지 재미있게 살고 싶다》란 책은 정신과 전문의로 50년간 일해온 그가 '현역 노인'으로 살아가며 발견한 즐거움을 담았다. 멋지게 나이 들고 싶은 사람들을 위한 인생의 기술, 재미있는 삶이 아닌 무엇이든 재미있게 하려고 노력하는 삶의 내용이었다.

2011년 76세 나이에 고려사이버대 문화학과를 최고령 수석으로 졸업해 화제가 되기도 했던 이 박사는, 부인 이동원 박사(이화여대 사회학과 명예교수)와 가족 아카데미아를 운영하고 있다. 박사 부부는 책의 제목처럼 참 재미나게 산다.

나이 든다는 게 좋은 일이 아닌 것은 분명하다. 노화가 진행되고, 사회에서 한발 물러서고, 죽음에 대해 두려움까지 껴안는 일이다. 하지만 노년은 누구에게나 온다. 자연스럽게 받아들여야 할 삶의 한 과정이다. 나이 들어 좋은 점을 애써 찾을 필요도 없다. 사는 동안 좋은 일, 즐거운 일을 만들어 가겠다는 마음가짐을 갖는 게 더 중요하다.

노년의 좋은 점은 더는 누구의 눈치도 볼 필요 없다는 것은 큰 장점일 수 있다. 무엇보다 그는 은퇴 이후 이런저런 단체에서 들어온 수장 자리 제안을 모두 거절한 것은 '명예보다 즐거움, 책임보다 재미'를 택했기 때문이다. 책장을 넘길수록 그에 대한 존경하는 마음이 겹겹이 쌓여 갔다.

그의 몸은 걸어 다니는 종합병원이다. 심장혈관이 막혀 수술을 받았고, 10년 전 왼쪽 눈의 시력을 완전히 잃었다. 당뇨와 고혈압, 관상동맥 협착, 담석, 통풍, 허리디스크 등 일곱 가지 병과 더불어 살고 있다. '병은 훈장도 아니지만, 인생을 잘못 살았다는 증거는 더욱 아니다.'라고 했다. '이런 신체적 고통은 좀 고약한 친구쯤으로 생각하는 게 낫다. 건강하지 않아도 행복할 수 있도록 노력하는 것, 그게 나이 들어 할 일 중의 하나가 아닐까?'라는 글은 언제 만나도 온화한 미소로 반기는 모습이 떠올라 눈물샘을 자극했다. 암 투병 중인 그는 늘 몸간수를 잘못한 것은 인생을 잘못 산 대가라며 자책하는 친구에게 말해주었다. 그 후 친구는 그 말에 큰 깨달음이 있었는지 자신을 자책하지 않고 투병 생활을 잘하고 있다.

또 '대가족 실험'으로도 유명하다. 자녀 2남 2녀 등 다섯 가구가 2002년부터 한 지붕 아래 살고 있다. 주거 형태도 독특하다. 4층짜리 다세대 주택처럼 보이는데 대문을 열고 들어서면 층마다 각 세대의 현관문이 따로 있다. 공간을 철저히 분리해서 등기도 각자 했다. 3대 13명, 다섯 가구 가족공동체의 이름은 '예띠의 집'이다. 상호 불간섭주의와 독립성 보장의 원칙을 세웠다. 서로 찾아갈 때도 반드시 전화를 걸어 허락을 구한다.

식구들이 6개월에 한 번씩 돌아가며 반장(연락책·조율자 역할)을 한다. 다양한 정보와 경험을 서로 나눌 수 있다는 게 가장 좋다고 한다. 아무나 할 수 없다는 걸 알았지만, 막상 책으로 대하니 더 존경스럽다.

갈등이 없기를 바라는 것은 불가능 자체를 바라는 것이며, 우선 시부모와 며느리는 상하 관계가 아니다. 인간 대 인간으로 통해야 한다며, 그는 큰아들이 결혼한 후 며느리에게 강조한 게 바로 '거절하는 법'이었다. '노'라고 말해야 할 때는 솔직하게 노라고 말하라고 했다. 누구나 거절은 불편하다, 그래서 연습이 필요하다는 이 박사를 시아버지로 만난 그 집 며느리는 참 복이 많다. 같은 여자로서 정말 부럽다.

부모님 기일에는 제사를 지내지 않는 대신에 조촐한 식사 모임을 가진다. 제사의 필요성과 뜻을 살리되 형식만 바꾼 것이다. 대가족의 제사를 며느리 한두 명이 감당하기에는 너무 벅차니, 가족 모두 제삿날을 즐거운 날이라고 생각하기를 바란다는 대목에서는 고개가 절로 끄덕거려졌다.

그는 최선이라는 말이 싫다고 한다. 누가 삶의 철학을 굳이 묻는다면 차선(次善)으로 살자!는 정도에서 즐기고, 오래도록 꾸준히 잘하자는 뜻이다. 경쟁에서 이기려는 노력을 조금 덜어내면 인간애, 즐거움, 가족애, 봉사심, 일의 성취감을 더 잘 느끼고 즐길 수 있다는 것, 가슴에 새길 글이다.

내가 만난 사람들이 곧 내 인생이다. 자기를 좋아해 주는 사람이 있으면 인생이 즐거우며, 좋은 인간관계의 비결은 상대의 특별한 점을 기억하는 데 있다. 상대의 장점을 그 사람을 이해하는 키워드로 삼아야 한다고 했다. 그중에 나도 포함되었다고 생각하니 매우 즐겁다.

눈여겨볼 대목으로 '거절은 인간관계에서 가장 중요한 덕목'이라고 했다. 그런데 소위 고부갈등은 서로에게 싫다, 좋다는 뜻을 정확하게 전달하지 못하는 데서 시작되는 경우가 많으니 거절을 잘하고, 거절을 잘 받아들이려면 '내 생각이 옳다, 먼저다.'라는 일방성부터 극복해야 한다는 것이다. 내가 웃으면 아내도 웃고 아내가 웃으면 나도 웃는다. 참 감사한 일이다. 우리 부부가 긴 세월 동안 큰 갈등 없이 지낼 수 있었던 것은 동반관계 사랑의 열정이 아니라 사랑의 관리 덕분이었다는 말에 고개가 절로 숙어졌다.

책을 읽으며, 이근후 박사는 마치 이런 아름다운 노년을 우리에게 보여주고 나누어주기 위해 살아온 사람 같은 착각마저 들었다. 한쪽 눈을 실명하고 일곱 가지의 중병과 같이 살아가면서 발견하는 노년의 의미는 우리에게 더욱더 큰 공감을 일으키게 한다.

그가 앓고 있는 병의 합병증으로 그는 치매 확률이 일반인보다 더 높다고 한다. 치매에 걸렸을 경우 아이들에게 슬퍼하지 말고 개그 프로그램처럼 그렇게 웃어 달라고 주문한다는 그. 치매도 인생의 한 부분으로 받아들여야 하는 것이기 때문이란다. 그러므로 정신이 있을 때까지 긍정적인 힘으로 열심히 살아야 함을 스스로 되새기고 있다. 그가 기억을 잃었을 때 가족을 비롯해 여러 사람에게 도움받을 일을 생각하면 정말 미안하고 고마운데, 그 고마움을 정신이 맑을 때 전해야겠다고 생각한다. 그는 나이 들어서 얻을 수 있는 가장 큰 지혜는 '받아들임'이라는 사실을 책 전체를 통해 잘 들려주고 있었다.

한 달에 한 번, 매주 둘째 주 목요일. 종로구 신영동 가족 아카데미아 그의 사무실에서 예띠 시낭송 회원들이 모여 20여 년째 자작시를 낭송한다. 늘 "내 마음속에는 지금도 철들지 않은 소년이 살고 있다."라는 이 박사님은 정말 미소년이시다. '당신은 어떻게 나이 들고 싶은가?'라는 물음에 앞만 보고 달려온 지금은 나이 드는 게 두렵다고 말하는 인생 후배들에게 꼭 해주고 싶은 이야기를 담은 책!

'나는 죽을 때까지 즐겁게 살고 싶다'라는 책을 읽고 노(老)학자가 전하는 노년의 즐거움 따라쟁이로 삶이 풍부해지는 사람이 많기를 소망한다. 무엇보다 미소년 이근후 박사님의 즐거운 소풍날이 백수(白壽)가 넘도록 이어지길 두 손 모아 빈다.

흙수저의
비애 (悲哀)

요즘 날마다 신문이나 방송에서는 단골 메뉴처럼 나온 고위급 공무원과 국회의원들의 부정부패와 채용 비리로 나라가 조용할 날이 없다. 무엇보다 강원도에 있는 한 공기업은 2012년에 이어서 2013년에 합격한 518명 전원이 청탁 대상자라고 한다. 전 현직 국회의원부터 시·도의원, 사장까지 청탁자만 120명이란다.

우리가 사는 세상이 밝고 건강해지려면 사회의 고위층과 나랏일을 하는 사람들이 올바르고 탐욕이 없어야 하는 것은 삼척동자도 다 아는 사실이거늘, 어찌 이런 일이 수없이 반복되는지 모르겠다. 국회의원의 사전적 의미를 보면 '유권자를 대표하여 입법부인 국회를 구성하는 구성원' 즉 '국회의원은 국회의 구성원이며, 유권자를 대표하여 입법을 담당하고 국정을 감시한다.'라고 했다. 이런 국회의원들이 자신의 탐욕으로 사리사욕을 챙기고, 더 나아가 국회의원이라는 명분을 앞세워 제일 투명해야 할 공공기관은 물론이고 금융기관, 기업 채용을 청탁하는 검은 손이 미치지 않은 곳이 없다니 안하무인이 따로 없다.

어떤 청년은 한 공공기관에 채용 면접에서 1등으로 통과되었지만, 불합격 처리되었다. 자신이 원하는 식장을 목표로 몇 년 동안 엉덩이가 닳도록 준비한 청년의 꿈은 권력의 채용 청탁에 의해 좌절되고 말았다. 이렇게 남의 밥그릇을 빼앗는 것은 짐승만도 못한 짓이며, 국민을 대표하는 국회의원 자격은 물론이고 일개 국민만도 못한 하위급에서도 최하위급 아닌가. 이처럼 관행이란 이름으로 우리 사회 깊숙이 뿌리박힌 채용 비리는 어제오늘 일이 아니다. 언젠가 읽으면서 헛웃음이 났던 책의 한 부분이 생각났다.

조선 중기 한 선비가 과거 시험장에 들어가 개구멍에 오줌을 누는데, 구멍 속에 실이 매인 나뭇가지가 있었다. 그것을 끌어당기니 실 끝에 종이 한 장이 따라 나왔다. 가만히 들여다보니 반듯한 글씨로 글을 썼는데 문장이 매우 좋았다. 그것을 가지고 가 그대로 답을 써서 과거에 합격하였다. 이는 어떤 사람이 과거를 보는 사람과 약속을 하고 몰래 글을 써서 감추어 둔 것인데, 뜻밖에 그 종이를 발견하여 과거에 합격한 것이다.

이 글은 유몽인이 지은 〈어우야담〉에 있는 '어지러운 과거 제도'란 제목으로 실린 글이다. 조선 중기에도 이처럼 누군가 미리 시험 문제에 대한 정보를 빼내서 글을 잘 쓰는 사람에게 답안지를 작성해 달라고 했다. 그 사람은 몰래 약속한 장소에 답지를 넣어두었는데 엉뚱한 사람이 답지를 발견하여 횡재한 것이었다.

이렇게 조선 시대에도 과거 시험장에서 부정행위가 많았다. 몰래 책과 예상 답안을 써 놓은 종이를 숨겨 들어와 시험 보기, 남의 답안지를 베끼거나 밖에서 써온 답지로 바꿔치기하기, 시험 감독관에게 뇌물을 주고 문제에 대한 정보를 미리 알아내거나 답지에 약속해둔 표시를 해서 점수 받기 등….

물론 들키면 큰 벌을 받거나 심지어 유배를 가기도 했지만, 이런 부정행위는 조선 후기가 될수록 점점 심해졌다고 한다. 그러니 나라의 인재가 제대로 등용될 수나 있었겠는가. 지금처럼 모든 게 어두웠던 시대부터 내려온 부정부패와 채용 비리는 당연한 관행처럼 이어져 오고 있다.

이제는 고금을 막론하고 권력의 검은 손길이 미치지 않은 곳이 없으니 참 개탄할 일이 아닐 수 없다. 우리나라를 짊어지고 나갈 청년들의 꿈을 좌절시키는 비리가 사회 깊숙이 뿌리 박혀 있는 현실을 어떻게 고쳐야 할지 참으로 막막하고 화가 났다. 네 차례나 최종 면접까지 가고도 탈락한 청년은 자신이 언론을 통해서 채용 비리를 알고 안타깝게도 스스로 생을 마감했다. 이런 슬프고 가슴 아픈 일이 다시는 들리지 않기를 바라며 그 청년의 명복을 빌었다.

학벌도, 집안 배경도 상관없는 공무원 시험 응시자 수의 급격한

175

증가 추세인 요즘, 사기업은 물론 공공기관의 채용 과정조차 믿을 수 없다는 청년들의 절박한 현실을 고스란히 보여주고 있다. 채용 비리로 좌절된 청년들의 절박한 현실을 어떻게 할까? 암담하다. 나랏일을 하는 사람들이 앞장서서 좋은 인재를 뽑고 이끌어주는 사회를 만들어야 하는데 그걸 악용하고 있으니 분통이 터진다.

달걀로 바위 치기처럼 미력하나마, 채용 비리로 낙담하는 청년들에게 이 글이 조금이라도 위로가 되었으면 한다. 함부로 자신의 권력을 이용하여 다른 사람의 기회를 앗아가는 채용 비리나 청탁 없는 공정하고 투명한 사회가 되었으면 하는 바람을 실어 본다.

별명과 애칭의 굴레

가로수 잎이 연두, 연두! 하며 팔랑거리는 4월, 교보문고를 가기 위해 광화문 세종문화회관 앞 건널목에 섰다가 '딱새!'라고 부르며 너 맞지? 하면서 달려오는 사람을 만났다.

어리둥절한 내 손을 덥석 잡은 그는 나보다 다섯 살 많은 친척 삼촌뻘 되는 선배였다. 몇십 년이 지난 내 별명을 아직도 기억하다니. 당시는 별로 유쾌하지 않았다. 하지만, 오랫동안 만나지 않아도 그의 뇌리에는 내 이름보다 별명이 더 깊이 박혀 있었다니 놀랍다. 그는 괜찮다는 나를 그냥 보내기 아쉽다면 인근 카페로 이끌었다.

"우리 마을 아니 고향 나로도에서 네 별명을 모르면 간첩이었잖아. 아, 맞다. 딱새 말고 뱅애(병어의 방언)도 있었지?"

한술 더 떠서 또 다른 나의 별명을 말한 그를 향해 눈을 흘기며 "그걸 기억하다니, 아이큐가 아주 좋은가 봐. 공부 머리와는 완전

다른 건가?" 몽니를 부리는 내게 그는 이렇게 만난 것도 행운이라
며 웃었다. 이젠 환갑, 진갑 다 지난 내 별명과 애칭을 기억한 그가
오히려 미워하면서도 함께 타임머신을 타고 사정없이 별명의 추
억 속으로 함께 내달렸다.

　　내 별명 병어는 입이 너무 작은 데서 비롯되었다. 태어나 신생
아 때, 엄마가 첫 모유를 먹이려는데 입이 너무 작아서 도통 젖꼭
지를 넣을 수가 없었다. 네 살이 다 되도록 엄마가 억지로 젖을 먹
일 정도였다. 그 모습을 본 이웃 할머니들이 생선 중에 아주 입이
작은 병어라는 별명을 붙였다. 여름이면 맛이 제일 좋은 병어를 사
거나 먹은 사람들은 하나같이 나를 보면 놀렸다. '오메, 오늘 뱅어
회를 먹었다'라거나 '뱅애야, 어디 가냐?' 우리 마을뿐만 아니라 인
근 마을 사람들까지 내 별명은 거의 시집오기 전까지 불리었다.
　　또한, '딱새'라는 별명은 우리 고장에서 '야무지고 당찬 아이'를
딱새라고 별명을 붙이는 이유를 말하면, 오죽 네가 야물었으면 '딱
새일까?'라고 했다. 또래보다 말도 아이답지 않게 조리 있게 잘하
고, 심부름도 똑소리 나게 잘했다면서 엄지를 세웠다.
　　그런 좋은 의미 있는 별명이라도 나는 사람들이 딱새나 병애라
고 놀리면 정말 싫었다고 하자, 그는 아무나 그런 별명을 붙인 것
이 아니라며 나를 위로 아닌 위로했다. 지금 보니 그때나 변함없는
네 모습이 지금도 그 별명이 잘 어울린다고 말했다.

돌게를 낚은 어른들 틈에서 야무지게 게를 낚던 어느 여름날 이야기를 어제 일처럼 기억했다. 아, 또 있다. 책벌레! 아무 책이나 닥치는 대로 읽다가 언젠가 너희 큰오빠가 빌려온 성인 소설을 읽다가 야단맞았던 것, 기억하냐는 그에게 나는 모른다고 변명했지만, 속으로 별걸 다 기억하는 그가 신기했다.

사람은 누구나 한때, 한두 개 별명을 가지게 마련이다. 별명은 스스로 원해서 가지게 되는 것이 아니라 자라는 과정에서 한 동네의 소꿉동무나 학교의 친구들로부터 얻게 되는 애칭이다. 그래서인지 어른이 되어서도 어린 시절의 친구로부터 별명을 듣게 되면 문득 동심에 젖어 들게 된다. 대개는 어린 시절의 친구들과 뿔뿔이 흩어지면서 별명도 잊히게 되지만, 때로는 성인이 된 뒤에도 끈덕지게 남아서 오늘처럼 애정 어린 놀림거리가 되기도 한다. 별명은 우연한 계기로 생기는 것이 보통이다. 어딘가 그 사람의 결점이 될 만한 특징을 꼬집어 붙이기 마련인데 부르는 사람은 쾌감을 느낄지 몰라도, 불리는 당사자는 나처럼 쉽게 기분이 상할 수도 있다.

대부분 외형이나 성격의 일면을 꼬집어 나타내는 것으로 짐승의 이름이나 비속어가 자주 쓰인다. 눈이 크면 왕눈이, 까무잡잡하면 깜둥이, 키가 크면 껑다리, 걸음이 빠르며 발바리라고 별명을 짓는다. 키가 작으면 땅개, 입이 크면 아구(아귀) 등 별명은 대개 마을 어른들이나 수다스러운 사람들이 만들었다. 오줌을 자주 싸면 오줌싸개, 떡을 잘 먹으면 떡보. 욕심이 많으면 놀부라는 별명을 가진 동네 아이들보다는 그래도 내 별명인 딱새나 뱅어가 백 번 낫지 않은가.

하지만, 대부분 단점인 외형으로 짓기보다는 장점을 꼽아서 붙어주는 애칭이나 별명은 긍정의 에너지로 작용하여 밝은 미래를 열어줄 것이다. 말에는 그 말대로 이루어지는 힘이 있다. 유년의 단점으로 지은 별명은 어른이 되어서도 유쾌하지 않을 것이다.

모처럼 나의 애칭과 별명을 들었더니 남보다 한결 도드라진 내 유년이 정말 사랑스럽다.

살림의
지혜

지인이 농사지은 햇감자를 한 상자 가득 보내왔다. 받자마자 상자를 열고 씻어 삶았다. 따뜻한 걸 좋아하니 감자가 익자마자 호호 불며 먹었다. 맹물에 삶았을 뿐인데 파실파실한 게 '그래, 이 맛이야!' 할 정도로 맛있었다.

이웃들에게 햇감자이니 맛보라고 나누어주고도 상자의 반이 남았다. 한동안 조림과 된장찌개, 된장국을 끓어서 아주 잘 먹었다. 그런데 감자가 아쉽게도 눈마다 싹을 틔우기 시작했다. 속상하여 지인에게 이야기했더니 사과 한 개만 넣어놓으라고 했다. 반신반의하며 나온 싹을 일일이 제거한 후 사과를 하나 넣었다.

며칠 지나 상자를 열어보니 어머나! 싹이 나오지 않고 그대로인 게 신기했다. 직사광선을 피하고 햇빛이 들지 않은 그늘에 보관하고, 냉장 보관할 경우 독성이 생겨서 상온에 보관한다는 정보도 익히 알고 있었지만, 감자의 발아를 억제하는 에틸렌 성분에 의해 싹을 틔우지 못한 것을 처음 알았다.

알려준 지인에게 고맙다고 했더니 그도 모 텔레비전 프로그램에서 배웠다면서 요일과 시간을 알려주었다. 덕분에 미처 알지 못한 여러 가지 생활과 살림에 필요한 지혜를 잘 배워서 활용하고 있다.

흔히 사용하는 지퍼백 하나로 똑똑하게 살림하는 정보는 정말 유용하다. 주방 서랍에 항시 있는 지퍼백은 비닐보다 튼튼하고 손쉬워 다방면으로 활용하고 있다. 무엇보다 사용하는 지퍼백이 냉장용과 냉동용 구분이 되어 있다는 사실에 깜짝 놀랐다. 비닐이라고 하는 폴리에틸렌은 가늘고 긴 섬유로 되어 있는데 냉장용은 한 방향의 결로 되었고, 반면 냉동용은 그물 구조로 되어 있어 잘 찢어지지 않는다. 그래서 냉동용은 전자레인지에도 사용할 수 있다. 똑같은 제품인 줄 알고 다용도로 사용했으니 이제는 구매 전에 어떤 제품인지 꼭 확인한 후 산다.

식구가 많은 집에서 자라서인지 손이 크다. 그때 버릇은 식구가 적은 지금도 고치지 못했다. 먹을 양만 해야지 하면서도 정작 음식을 해놓고 보면 대식구가 먹을 양이다. 그러니 같은 음식을 여러 번 먹는 것도 힘들어 처리가 곤란할 때가 있다. 손이 많이 가고 오랜 시간 끓이는 사골은 버리기도 아깝고 먹기도 쉽지 않을 때는 지퍼백에 담아서 냉동실에 얼리면 최고의 해결책이다. 그러니 같은 음식을 질리게 먹지 않아서 좋다. 다른 건 다 묵혀 먹어도 마늘은 싹이 나거나 쉽게 썩는다. 그런 마늘도 다져서 냉동 보관하여 손실 없이 먹을 수 있다.

마트나 시장을 가면 늘 생각보다 더 많이 사게 되는 게 채소나 과일이다. 채소의 유통기한은 온도와 수분에 따라 좌우된다. 대부분이 상자로 사야지, 저렴한 재료들은 막상 산 후에는 난공불락(難攻不落)이다. 이럴 때도 지퍼백을 잘 활용하면 버리지 않고 밖에 두었다가 하루살이들의 놀이터가 되곤 한 것을 막을 수 있다.

'사람은 죽을 때까지 다 못 배우고 죽는다.'는 말을 실감하는 요즘, 환갑 진갑 다 지나도 모른 것도 많고 배울 것도 무궁무진하다. 살림과 생활의 지혜를 배워서 실천하니 홀쭉해진 냉장고 속과 쓰레기를 줄이면서 작게나마 환경운동에도 동참하는 내가 참, 기특하다!

남과
비교하는 삶

　산과 들에 초록이 싱그러운 5월 어버이날을 앞둔 주말, 고종사촌의 결혼식에 참석한 후 고속버스를 탔다. 일찍 서둘러 왔는데도 밤 9시, 고속버스 전용차선 이용 시간이 해제되자마자 다른 차선에 있던 거북이 운행을 하던 승용차들이 일제히 전용차선으로 몰려들었다.

　고속버스 기사는 시간이 급한지 곡예하듯이 이리저리 차선을 바꾸며 빨리 갈려고 기를 썼다. 혹여 모를 사고를 대비해 그때마다 의자 모서리를 꽉 부여잡았다. 고공 행진에는 고가의 기름값에도 주말이나 휴일이 아닌 날에도 고속도로, 국도 가릴 것 없이 길목마다 주차장을 방불케 하고 있다.

　우리가 언제부터 이런 물결을 이루게 되었는가, 문득 그런 생각이 들었다. 물론 그만큼 생활에 여유가 생긴 덕이겠지만, 한꺼번에 쏟아져 밀리는 것은 자기 특성 없이 그저 남을 닮아가려는 경향도 배제할 수 없는 일이 아닐까 싶다.

일부 사람들은 친구 따라 강남 가는 옛말처럼 안달복달이다. 사람은 저마다 이 세상에 단 하나밖에 없는 독창적인 존재이다. 그러기에 사람마다 삶의 조건과 양식이 다를 뿐이다. 그래서 자신의 그림자를 이끌고 자기 몫의 삶을 살아가고 있는 것이 아니겠는가.

동창 K는 만날 때마다 주위 사람들의 처지를 견주는 버릇이 있다. 가진 것도 많은데도 남과 비교하면서 늘 자신을 비관하곤 한다. 수도권에 있는 아파트 넓은 평수에 살면서 더 큰 평수에 사는 사람을 부러워했다. 연예인의 얼굴과 비교하면서 밉상도 아닌 얼굴을 자주 손댔다. 물론 개인의 생각이고 삶이겠지만 자꾸 욕심이 과하다는 생각에 만남이 꺼려졌다.

남과 비교는 자신의 내면을 파괴해서 불행을 초래한다는 걸 왜 모르는 걸까. 너무 욕심부리고 슈퍼우먼을 자초하더니 결국은 안타깝게도 건강까지 잃고 말았다. 내 주거 공간이 새삼스럽게 초라하고 옹색해 보일 정도로 눈을 흐리게 되어 소중한 것까지 잃을 수 있다는 걸 진즉 말리지 못한 게 한편으로 아쉬웠다.

자신의 빛깔을 지니고 고귀하게 살아가려면 무엇보다도 먼저 자신의 삶을 남과 비교하지 않아야 한다. 그것은 무의미한 짓이며 스스로 불행을 자초하고 자칫 안일과 오만에 빠지기 십상이다. 비교는 좌절감을 가져오고 시기심을 불러일으킨다는 P 스님은 법문에서 '비교는 마침내 자기 몫의 삶마저 스스로 걷어차 버리는 거나 마찬가지의 불행을 가져온다.'라고 했다.

난 어떤 사람인가를 차창에 어리는 얼굴을 보면서 사유했다. 사람은 모름지기 자기에게 주어진 그릇과 몫의 삶이 있다. 그러면서도 그를 지켜보노라면 가끔은 욕심이 없는 내가 비정상은 아닌지 의문이 들 때가 있지만, 자신의 것이라도 잘 지키며 사는 삶의 지혜가 떳떳한 내 몫이 아닌지. 남과 비교하는 삶은 절대 좋지 않은 부메랑이 되어 나에게 해가 된다는 걸 기억해야 할 것이다.

바지락 꼬치의
내리사랑

하얀 포말이 일렁이는 바닷가 언저리에 보랏빛 해국이 진한 향기를 풍기는 시월 상달. 1년 중 달빛이 제일 밝은 보름달이 영그는 저녁, 친척 오빠의 전화를 받았다.

며칠 후 다가온 시제에 바쁜 일이 있어도 제쳐두고 꼭 오라고 했다. 친구처럼 워낙 가까우니 반강제적(?)이었다. 출가외인을 뭐하러 오라고 하느냐는 내게 '딸도 딸 나름'이라며 꼭 오라고 했다. 제주(祭主)인 그는 한 살 터울인데 매년 시제를 앞두고 꼭 전화했다.

'오빠네가 제주라면 꼭 가야지. 그 맛있는 것을 먹으려면….'

어릴 때부터 명절이면 아버지가 태어나고 자란 고향에 자주 갔다. 결혼하여 사는 곳도 그곳과 멀지 않아서 문중 어른, 친척들과 자주 왕래하는 편이다. 제각(祭閣)을 새로 지을 때도 동참한 계기가 되어 문중에 행사가 있을 때마다 알려왔다. 출가외인 딸이 친정 시제에 참석하는 일은 극히 일이 드물지만, 타지에 사는 형제들을 대신하여 자주 가는 바람에 문중 어른들은 딸이 아닌 아들로 대접해주었다.

음력 시월 열이렛날, 같은 읍내에서 멀지 않은 곳에 사는 육촌 동생이 집으로 데리러 왔다. 그와 함께 승용차를 타고 30여 분 거리에 있는 아버지 고향으로 갔다. 시골치고는 큰 마을인데 대부분이 대구 서가들이다.

시제를 모시는 제각 주변에는 차가 예닐곱 대 있었다. 불과 몇 해 전까지만 해도 저잣거리처럼 북적거렸는데, 이제 문중 어른들이 하나둘 소풍을 마치고 돌아가시어 한산하다 못해 조용했다. 젊은 사람들은 시제의 개념이 달라지기도 한 부분도 크게 작용한 것이리라.

제주인 오빠 내외와 당숙 몇 분이 함께 제기에 수북수북 음식을 담고 있었다. 어른들께 인사를 하자 반갑게 맞아주었다. 바쁜 사람이 잊지 않고 왔다며 문중 일을 도맡아 하시는 당숙이 내 손을 덥석 잡았다. 언제나 예쁘게 봐주셔서 감사하다고 하자, "조카 같은 딸이 어디 있간디!" 하며 내 어깨를 토닥토닥했다. 그럴 때는 양어깨가 으쓱한다. 아니 내 뿌리가 튼실하다는 걸 깊게 느낀다.

겉옷을 벗어 한쪽에 두고 상차림을 도왔다. 제기에 올려진 많은 음식 중에 내 눈을 번쩍 뜨게 하는 게 있었다. 바지락 꼬치였다. 이

곳이 아니면 어디서도 맛볼 수 없는 귀한 음식이다.

아버지 고향은 지역에서도 갯벌이 좋기로 소문난 곳이다. 특히 바지락은 맛 좋기로 유명하다. 육지에 있는 논과 밭처럼 갯벌도 개인 소유가 많다. 바지락은 제일 여물고 맛 좋은 시기는 벚꽃이 필 무렵이다. 삶은 바지락 알맹이는 껍질 가득 차고 국물은 우윳빛처럼 뽀얗다. 그런 알찬 바지락을 꼬치에 끼어 말려두었다가 제사상이나 명절 차례상, 잔칫상에 올린다.

우리 집에서도 바지락 꼬치를 자주 했었다. 꼬치에 꿰어 말리기도 하고 채반에 널어 말려서 보관해 둔다. 필요할 때마다 물에 살짝 불린 바지락을 밥 위에 쪄서 무친 도시락 반찬을 가져가면 뭇 아이들의 젓가락이 앞다투는 바람에 순식간에 바닥났다.

특히 애주가인 아버지와 큰오빠의 안주로 사랑받는 메뉴이기도 하지만, 우리의 간식으로도 엄지 척이었다. 이젠 쉽게 접할 수도 먹을 수도 없는 귀한 음식이 되었다. 산지에서도 파는 곳을 쉽게 만날 수 없어서 더욱더 감칠나게 한다.

시제를 마치고 올케와 당숙모들은 참석한 수만큼 음식을 골고루 나누어 쌌다. 내 몫을 올케가 내밀었다. 다른 건 필요 없고 바지락 꼬치만 가져가겠다고 하자, 당숙들과 형제들이 너도나도 바지락 꼬치를 내게 주었다. 내 몫으로도 충분하니 괜찮다고 했지만, 사양치 말고 가져가라고 했다. '사양지심(辭讓之心)은 손해지심!'이라며 제주인 오빠가 싸주었다. 아버지와 오빠도 시제에 오면 그걸 무척 좋아했다며 누가 자식, 형제 아니랄까 봐 똑 닮았다고들 입을 모았다.

내리사랑으로 양보해준 바지락 꼬치를 냉장고에 넣어두고 야금야금 아껴서 먹었다. 무슨 일이 있어도 바지락 알이 차는 내년 봄에는 꼬치를 만들어 형제들과 나누어 먹으며 추억 속으로 내달려 보리라.

농심은
천심

김치를 담그려고 마늘을 다 까고 껍질을 살폈더니 아기 손톱만한 작은 마늘이 있었다. 까기가 힘들어 돋보기를 쓰고 껍질을 벗겼다. 예전 같았으면 그냥 버렸겠지만, 지난봄 고생했던 생각에 한 톨 아닌 반 톨이라도 함부로 할 수 없다.

아침 일찍 농장에 간 남편이 특별한 일 없으면 마늘을 캐자고 했다. 인부를 얻으려고 해도 한창 바쁜 농번기라서 힘들고, 간혹 외국에서 온 인부들이 있지만, 그조차도 얻기가 쉽지 않다. 고령화로 일할 사람은 없으니 작지 않은 논밭의 농사짓기가 점점 어렵다.

남편이 데리러 오겠다는 걸 마다하고 군내 버스를 타고 $8km$ 떨어진 농장으로 갔다. 널따란 밭에서 마늘을 캐던 남편이 호미와 일명 엉덩이 의자를 챙겨 주었다. 한 번도 사용해보지 않아서 일러준

대로 다리에 끼우니 달랑달랑 엉덩이에 매달고 어기적어기적 걷는 모습이 우스꽝스러웠다. 마늘밭 두둑에 앉아 얇은 면장갑 위에 고무장갑을 더 끼고 마늘 캐기에 돌입했다. 어제 비가 적당히 내려서인지 호미를 대지 않아도 쑥쑥 잘 뽑혔다. 그것도 잠시, 내리쬐는 된 볕으로 갑자기 땅이 마르자 깊숙이 박힌 실한 마늘을 캐는 게 여간 힘들었다. 홍시처럼 얼굴이 빨갛게 익었다. 맹렬히 쏟아지는 햇볕과 물기 머금은 땅에서 스멀스멀 올라오는 땅김은 한증막이 따로 없었다. 거의 십오여 년 만에 잡아 본 호미는 어찌 그리 손에서 겉돌고 낯설던지….

거기다 착용한 엉덩이 의자는 양쪽 골반에 꽉 끼워서 너무 아팠다. 참다못하여 벗어 내던지자 그걸 본 남편은 새것이어서 그러니 고무줄이 늘어나면 괜찮다고 했다. 급기야 고무줄이 있던 곳은 빨갛게 짓무르고 피가 배었다. 이번에는 쭈그리고 앉았더니 무릎과 다리가 너무 아파서 이러지도 저러지도 못하고 진퇴양난(進退兩難)이었다. 그래도 무릎이 상한 것보다 낫다는 생각에 서고 앉기를 반복했다.

한낮이 되자 더 강렬해진 뙤약볕은 가히 불가마가 왔다가 울고 갈 정도였다. 축사에서 여물을 먹는 소와 나무 그늘에서 한가롭고 모이를 쪼는 닭이 정말 부러울 무렵, 구세주처럼 언니가 왔다. 나보다 체구도 작은 언니는 손 빠르게 앞질러 나갔다. 나도 질세라 부지런히 뒤따랐다. 언니가 손을 보태니 눕힌 마늘이 늘어갔다. 그래서 잠은 혼자 자도 일은 여럿이 하라고 했나 보다.

호미를 꽉 움켜잡은 손목과 팔은 오후가 채 되기도 전에 쑤셔오기 시작했다. 모자를 썼는데도 머릿속에서 나온 땀은 이마를 타고 눈 속까지 침범하니 쓰려서 제대로 뜨지 못했다. 어디 눈뿐이랴, 장갑을 겹겹이 낀 손은 땀에 절여서 퉁퉁 불었다. 목은 어찌 그리 타던지, 창고에 있는 냉장고 속 물을 마시러 풀빵 구리에 생쥐 드나들 듯했다. 남편은 마늘은 언제 캐느냐고 성화를 부렸지만, 그러든지 말든 지 해가 기운이 빠질 때까지 계속했다.

찬물을 많이 마셔서인지 밥맛이 없어서 점심을 먹은 둥 마는 둥 했다. 초록 열매가 주렁주렁 열린 자두나무 아래 볏짚과 사료 포대를 깔고 눕자, 신음이 저절로 나왔다. 막 잠이 들려고 하는데 남편이 마늘을 캐자면서 성큼성큼 밭으로 들어갔다. 자는 척하려다 더위를 많이 타는 그가 신경이 쓰였다. '까짓것 죽기 아니면 까무러치기 뭐. 일하다 죽은 귀신은 없다.'라는 말을 믿으며 벌떡 일어났다.

기운찬 오뉴월 태양이 거의 본분을 다할 무렵에야 일을 끝냈다. 소에게 저녁 여물을 주고 나니 어둑어둑해서야 집으로 돌아왔다. 기운이 서푼 어치도 없어서 저녁은 배달 음식으로 해결했다. 올해 들어 낮 기온이 가장 높은 33도란 걸 저녁 뉴스를 보고서야 알았다. 정말 끔찍한 더위를 맛본 날이었다. 자려고 누웠지만, 손목이 떨어져 나갈 듯이 통증이 심했다. 임시변통으로 따뜻한 물수건과 얼음주머니로 냉찜질을 했지만 밤새 통증은 가라앉지 않았다.

다음날, 빨리 아침 먹고 농장엘 가지고 남편이 깨웠다. 새벽녘에야 겨우 잤는데, 짜증이 확 났다. '손목이 아파서 못 가겠다.'라고 선언하자, 그깟 겨우 하루 하고 안 간다고 구시렁거리며 집을 나섰다. 다른 때였으면 벌떡 일어나 갔을 텐데 못 들은 척했다. 출근하는 아들에게 아침도 못 챙겨 주고 잠이 들었다.

요란한 전화벨 소리에 잠이 깼다. 남편은 웬만하면 얼른 오라고 했다. '사람 죽은 줄 모르고 팥죽 먹을 생각만 한다.'더니 마누라 아픈 줄 모르고 서운한 마음이 들었다. 더 심하게 엄살을 부릴 걸 잘못했나 생각하다, 불현듯 크나큰 밭에 홀로 일할 남편이 떠올랐다. 물에 흠뻑 젖은 솜 같은 무거운 몸을 일으켜 물 말은 밥을 한 술 먹고 집을 나섰다. 병원을 갈까 하다가 단골 약국에서 자초지종을 말하고 약을 샀다. 그곳에서 약을 먹고 피로 해소제도 샀다.

날마다 약의 힘을 빌려서 일주일이 될 무렵 다 캤다. 밭에 깔아 둔 마늘 거두어 크기 별로 선별하여 50개씩 묶었다. 우선 1톤 한 차 분량을 싣고 공판장에 갔지만, 햇빛 데임 현상으로 상품 가치가 없다며 받아주지 않았다. 꼭 솥에서 찐 것 같은 게 작은 것보다 하필 어른 주먹만 한 게 더 심했다. 그런데 어쩌랴, 이것도 하늘의 뜻이거늘! 웬 날벼락인지! 우리뿐만 아니라 그 품종을 심은 대부분의 농가가 올 초 극심한 일교차와 가뭄과 기온 급상승으로 인하여 판매에 제동이 걸렸다. 힘이 쭉 빠졌다. 캐기도 어렵지만 다듬고 선별하고 망에 담기도 여간 손이 많이 가지 않는다. 애써 농사지은 걸 버릴 수도 없고, 하나라도 건지려고 몇 날 며칠을 잘라서 햇볕에 널어 말렸다. 가격이 좋을 때는 수입을 꽤 올렸던 마늘을 쌓으니 작은 산처럼 어마어마했다.

까짓것 사람도 죽고 사는데 올해 못하면 내년에 잘 지으면 되지 뭐. 포기와 위로를 하면서도 시시때때로 마음이 변했다. 속상한 남편은 '다시는 마늘을 심으며 성(姓)을 갈아 버리겠다.'라고 일을 마칠 때까지 몇 번이나 선언했다. 그야 두고 볼 일이라고 정작 땅을 비워 놓을 사람이 아니며 군건하던 농심을 결자해지(結者解之)하겠다는 그 말을 누가 믿을까.

마늘의 상태를 안 지인과 동창, 글벗들이 나서서 마늘을 많이 사 주었다. 혹여 잘못된 것이 있더라도 이해해 달라는 쪽지와 함께 주는 양보다 듬뿍듬뿍 담아서 보냈다. 힘든 일을 마다하지 않고 도와준 언니와 오랜만에 두런두런 이야기를 나누어 무척 좋았다.

산처럼 쌓인 마늘을 보면 한숨이 나왔지만, 어려움을 알고 함께 해준 그들 덕분에 다시 평정을 찾았다. 얼마 지나지 않아 빈 땅에 채울 씨앗을 찾은 남편을 보면서 성을 갈아 버리겠다는 말은 공수표로 끝나고 말 것 같은 그의 농심을 누가 말리겠는가.

곡선 길

　사람이 살아가는데 끝이 보이면 무슨 살맛이 날까요? 모르기 때문에 살맛 나는 것이라고 P 스님이 가을 법회에서 화두로 한 말이다. 곡선의 묘미는 현대 사회의 조급증, 생명 경시, 물질주의에 대해 경고하며 '직선이 아닌 곡선의 여유로 살자.'고 권했다.

　직선은 조급, 냉혹 비정함이 특징이지만, 곡선은 여유, 인정 운치가 속성이라며 오늘 우리가 여유롭게 사는 것은 전(前) 세대의 선인들이 어려운 여건을 참고 기다릴 줄 알았던 덕이라고 했다. 사랑도 길들이고 밥도 뜸 들이는 시간이 필요한 법이거늘, 요즘은 웬만한 식당에선 제대로 뜸 들인 밥을 먹기 어렵다고 한다. 그리고 모든 것을 단박에 이루려 서둘러서는 안 된다고 일침을 놨다.
　참을성 없는 세태가 교통사고 사망자보다 많은 자살자, 하루 천

명에 이르는 낙태는 생명을 가벼이 여기는 나쁜 업(業)으로 이어진다. 내가 쌓은 업의 결과가 지금의 내 모습이라며 지진 해일 태풍 등 전 지구적 재앙이 잦은 것도 오만한 인류에 대한 경고로 받아들여야 할 것을 스님은 강조했다.

대부분 사람은 굴곡 없는 삶을 살기를 원한다. 어떤 사람이 직선처럼 살고 싶지 구불구불한 곡선 인생을 살고 싶겠는가. 그러나 우리에게 사계절이 있어 철마다 자연이 주는 혜택을 생각해 보자. 늘 똑같은 생활이 반복되고 똑같은 음식을 먹는다면 금방 질리지 않겠는가. 인간은 무엇인가 새로운 것을 창조하고 변화하는 것을 좋아하듯이 우리 인생도 늘 한결같으면 삶에 무슨 의미가 있을까.

요즘 어디를 가든지 곡선에서 직선으로 바뀌는 도로 공사를 쉽게 볼 수 있다. 별 불편 없이 다닐 수 있는 곡선 길이 직선으로 바뀌면서 사고율이 더 많아졌다. 교통량이 그리 많지 않은 곳에 멀쩡한 도로가 변한 것을 보면 가끔은 화가 난다. 다들 쉽고 편리한 길만 선호하니 그런 길을 만들고자 자연을 훼손하고 국민의 세금이 도로 만드는 데 드는 비용이 얼마인가.

이제는 산과 들에도 시멘트로 만든 길이 많고 흙길은 가뭄에 콩 난 듯하다. 비가 조금만 내려도 홍수가 나고 비가 오지 않으면 가뭄이 들기 일쑤다. 이렇게 가다간 머지않아 우리 모두 길 속에 묻혀 살 것 같다. 자연을 훼손하면서까지 우리가 빨리 가고자 하는 길이 어디인지. 고통 뒤에 편안함이 오듯이 편리함 뒤에는 아픔이 따르는 게 인지상정(人之常情)이다.

예로부터 길의 형태가 직선인 경우가 드물었다. 특히 시골 골목길은 누가 계획한 것도 아니고 명령으로 한 것도 아니지만, 집을 지을 수 있는 곳에 길을 막지 않고 지어서 골목길은 이리저리 꺾이고, 운동장에서 빗물 흐르듯이 일정한 방향이 없었다. 그래서 어느 낯선 골목길을 진입하면 자꾸 길의 끝이 궁금하게 되고 들어갈수록 재미를 느낀다.

서양의 길은 입구에 서면 보는 순간 끝이 보이기 때문에 초입에서 여기가 아니구나 하고 바로 돌아서니 능률적이긴 하다. 그렇지만 우리 정서는 여유롭게 한 걸음 느리게 사는 것이었다.

얼마 전 가까운 동인·부부와 함께 명성산에 올랐다. 내려오는 길은 평소에 다니던 길이 아닌 반대편 길을 택했다. 처음 시작은 수십 개의 나무계단이 직선으로 나 있고 발아래 산정호수가 보이니 다들 좋아했다. 그러나 얼마 지나지 않아서 돌계단이 직선으로 나 있는 위험한 길이었다. 뒤따르는 사람이 조그마한 돌이라도 굴린다면 앞선 사람이 위험천만했다.

다행히 아무 사고 없이 내려온 우리 일행 중 J 동인의 남편은 하산 길이 이렇게 험한 길은 처음이라며 내려온 산을 다시 쳐다보며 흘린 땀을 훔쳤다. 산은 직선으로 오르기도 힘들지만 내려오기도 버겁다. 그러나 능선을 따라 나 있는 곡선의 길은 시간은 걸려도 쉽게 오를 수 있지만, 정상을 직선으로 쳐다보고 곧바로 오르다 보면 장애가 더 심하고 그 어떤 여유도 느끼고 체험해 보지 못한다.

건강도 마찬가지로 사람에게 주어진 체력의 한계는 공평하다. 에너지 회복 없이 점점 더 많은 에너지를 소비하는 직선적인 삶을 살다 보면 부서지고 망가져 삶의 열정을 잃게 된다. 단지 삶 그 자체뿐 아니라 삶을 엮어가는 과정도 곡선이어서 그 리듬을 탈 수가 있어야 제대로 즐기며 살아갈 수 있는 것 같다.

사람은 누구나 목적이 있어서 걸어가며 직선도로처럼 평탄하고 순조롭게 흔들림 없이 가길 소망한다. 그러나 직선으로만 달리면 시야가 넓어서 좋지만, 인생의 곡선미는 달려보면 직선에서 보이지 않은 사람 사는 묘미가 굽이굽이 묻어난다. 곡선에는 한걸음 느리게 산다는 것에 있다. 언제가 다녀온 북촌 한옥의 아늑한 곡선 지붕과 처마, 나무 기둥의 휘어지고 구부러진 자연스러운 모습은 한복의 곡선미처럼 단아하고 정갈한 멋을 풍겼다. 어쩌면 담백하고 화사한 우리 여인네들의 인생길을 똑 닮았다.

옛 선인들은 이런 세상을 살면서 펼쳐놓은 인생이 얼마나 깊이 있고, 진지하게 여유와 인정을 베풀면서 살았는가. 우리도 여유로운 인생의 곡선 길이 열매가 맺어지는 기쁨이 승화하길 빌어본다.

천상의
화원

　오래전부터 가보고 싶었던 강원도 점봉산의 곰배령에 갔다. 당일로 왕복하는 거라서 동이 트기 전 출발했다. 지나가는 길목인 두물머리는 물안개가 하얀 치마폭을 펼치고 승천하는 선녀 같았다.

　굽이굽이 돌아가는 길목마다 풀잎에 맺힌 이슬은 햇살을 받아 초롱초롱 빛나고, 담장 넘어 키 큰 해바라기는 해를 향해 무거운 고개를 수줍게 들었다. 성미 급한 코스모스는 뙤약볕 아래 팔랑거리고, 높고 낮은 산봉우리마다 둥둥 떠 있는 양 떼를 닮은 하얀 뭉게구름은 여행을 한껏 달뜨게 했다.

　산과 들, 강을 휘돌아 인제군 기린면 진동리에 도착했다. 오지(奧地)라서 생각보다 사람이 많지 않았다. 청정지역의 새하얀 개망초꽃은 점봉산 골짜기에서 불어오는 바람에 살랑거렸다. 차가 채 멈추기도 전에 흥이 많은 J 작가는 어느 사이 꽃 안개 속에 파묻혔다. 배낭을 메고 곰배령을 향해 발걸음을 재촉했다. 대여섯 가구가 모여 사는 강선마을 산기슭에는 토종 벌통들이 옹기종기 놓였다. 평화롭고 다정했다.

물길 따라 이어지는 숲길에 들어서자 딴 세상에 있는 것처럼 상쾌하고 시원했다. 삼림욕을 즐기기에 더할 나위 없이 좋았다. 무성한 조릿대와 어우러진 앙증맞은 야생화가 마음을 사로잡았다. 며칠 전 내린 비 탓인지 계곡에는 하얀 물보라가 재잘재잘 속살거렸다. 작은 폭포 앞을 지날 때는 오싹 한기를 느꼈다. 평소 걷기를 싫어하는 J 작가는 발바닥이 아프다면서도 숲의 맑은 공기에 취해서인지 앞서 잘 걸었다.

한두 명 지나갈 정도의 좁은 산길 옆으로는 사람 손이 타지 않은 수목이 빽빽하게 그늘을 만들었다. 그 사이사이로 야생화들이 수줍은 듯 가끔 얼굴을 내밀었다. 청초한 풋사과처럼 싱그럽다. 경사가 완만한 숲길 따라 한 시간 반분쯤 올라가니 갑자기 구름바다가 보였다. 머리를 풀어 헤치고 하늘로 승천하는 안개는 금세 사위를 감싸버렸다. 점점이 보이는 산봉우리는 바다에 떠 있는 무인도 같았고, 안개에 젖은 태양은 마치 보름달처럼 하얗다.

숨을 죽이며 기다리는 사이 구름바다와 안개는 언제 그랬냐는 듯이 하얀 막을 서서히 거두었다. 어두웠던 하늘이 열리자 야생화 물결이 눈앞에 펼쳐졌다. 아! 이게 환상은 아니겠지. 잠시 숨이 멎고 정신이 혼미했다. 말 그대로 '하늘 위 정원, 천상의 화원'이었다. 가슴이 달아올라 세상의 모든 탄성을 쏟아냈다. 앙증맞은 야생화는 어찌 그리 청량하고 곱던지 보는 것만으로도 눈과 마음이 정화되었다. 엉겅퀴, 이질풀, 물봉선화를 쫓으며 향기를 맡고 눈 맞춤을 했다. 꽃 속에서 먹은 점심은 말 그대로 꽃밥이었다. 춤추는 노랑꽃 물결은 매년 이맘때나 볼 수 있다는데 적절한 시기에 와서 한층 더 좋았다.

곰배령은 점봉산에 있는 한 봉우리이다. 점봉산은 산세가 아주 부드러운 여성상으로 남녀노소 누구나 어렵지 않게 오를 수 있다. 백두대간의 한 봉우리로서 북쪽으로는 대청봉과 향로봉으로 연결되었으며, 동남쪽으로는 조침령을 거쳐 오대산으로 연결되었다. 이곳에는 우리나라 식물 서식종의 약 20%(약 850여 종)가 분포하고 있으며, 인위적인 훼손이 적어 단순히 산이기보다는 천연 상태의 온갖 보물 자원 갖춘 비밀의 원시림(原始林)이다.

선녀가 되어 꽃밭을 거닐다가 어느덧 돌아갈 시간이 되었다. 일행은 다음을 기약하면서 야생화를 뒤로하고 아쉬운 발길을 돌렸다. 하산 길에 작은 폭포 주변 바위에서 잠시 숨을 고르며 곰배령 산림 생태계의 아름다움을 직접 보고 느낀 자연의 위대함을 맘껏 칭송했다.

청량한 사랑의 빛으로 영원히 지지 않은 곰배령의 꽃씨를 고스란히 품었다가 두고두고 행복의 뜰에 심으리라.

빛바랜 수건의
추억

　엄마가 돌아가시고 한동안 유품을 정리하지 못했다. 언제 할까?
혼자 궁리만 하다 어느덧 반년이란 시간이 흘렀다.

　마침 아버지 기일이어서 친정 간 김에 유품을 정리하기로 했다.
오래된 엄마 손때가 묻은 반닫이를 열었다. 훅하고 엄마 냄새가 코
끝에 닿았다. 나도 모르게 엄마를 부르며 눈물을 글썽이자 곁에 있
던 언니도 따라 울었다. 평소 엄마의 성품대로 계절 따라 겉옷과
속옷, 바지와 웃옷 등 차곡차곡 정연한 옷들을 차마 건들지 못하고
다시 반닫이 문을 닫고 말았다.

　"니는 할 줄 알았는데… 니도 못 하겠제?"

　언니가 묻는 말에 고개를 끄덕이며 다시 안방에 있는 장롱문을
열었다. 길이에 따라 가지런히 걸린 오래전 옷들도 어제 산 것 같
다. 장롱 속 서랍을 열자 한 번도 사용하지 않은 수건이 가득 있었

다. 수건을 하나하나를 펼치자 색색의 수건에 새겨진 글마다 간직한 이야기가 새록새록 아름다운 추억으로 이끌었다. 그중에서도 돌하르방과 용바위가 새겨진 수건은 더 애틋했다.

칠순을 두어 해 남기고 엄마는 왼쪽 팔다리에 마비가 왔다. 병원에서 검사하니 일명 중풍이었다. 건강했던 엄마 본인은 물론이고 가족에겐 청천벽력이었다. 그때부터 엄마는 우리 집에 기거하면서 한방과 병원 치료를 병행했다. 갑자기 몸 한쪽을 마음대로 움직일 수 없지만, 다행히 나으려는 의지로 치료와 운동을 열심히 한 결과 거의 완치되어 예전 몸으로 돌아왔다.

그러는 사이 칠순이 되었다. 엄마가 아프고 나니 더는 미룰 수가 없어서 나는 한참 손이 가는 삼 남매를 남편에게 맡겨두고, 여동생 부부와 제주도로 5박 6일 여행을 갔다. 곳곳을 누비며 엄마와 추억을 쌓았다. 그때 여행 기념으로 샀던 수건을 보자 엄마와 함께했던 추억이 주마등처럼 스쳤다.

친형제나 다름없이 지냈던 옆집 아저씨 환갑 기념 수건을 보자 숙연해졌다. 아버지 임종 때도 곁에서 지켜주고 우리 집 대소사에 늘 힘을 보태준 고마운 사람이다. 유난히 꽃무늬가 고운 수건이 눈에 띄었다. 둘째 아들 고등학교 재학 중 어머니회 회장을 역임할 때 만들었다. 더구나 얼마 전 학교 초청으로 강연을 하였더니 예전 어머니회를 주관했던 강당에서 학생들을 만나니 가슴이 두근거리고 감회가 새로웠다.

꽃분홍색 엄마 팔순 기념 수건을 보니 가슴이 뭉클했다. 잔치는 무슨 잔치냐면 굳이 말리는 엄마의 성화를 거스르고 팔순에는 가족과 친지들에게 넉넉하게 대접하고자 집에서 행사를 치렀다. 100여 명이 먹고도 남을 만큼의 음식을 푸짐하게 준비했다. 여러 종류와 음식량을 보고 올케와 동생들은 물론이고, 원래 손도 크고 자신이 먹은 것보다 남에게 먹이길 더 좋아한 것은 모녀가 닮았다면서 친척들도 입을 모았다.

중학생이 된 조카의 첫돌 맞이 기념 수건은 마흔 넘어 낳은 막내의 아이를 유독 예뻐했던 엄마 얼굴이 보였다. 남동생 가게 개업날 엄마랑 자매들이 밤새워 음식을 만들면 속살거리던 시간. 마을 회관 준공 기념 큰 잔치 이야기를 했던 게 엊그제 같은데 참으로 무상한 세월이다. 서랍 밑바닥에 깔린 누렇게 변한 커다란 수건이 눈물샘을 자극했다. 십수 년 전 갑자기 하늘나라로 떠난 남동생이 외국을 다닐 때 기념으로 가져온 걸 아까워 사용하지 못한 마음을 알기에 더욱더 애잔했다.

각각의 사연을 담은 수건의 잊힌 조각들을 모으며 울고 웃었다. 이토록 많은 수건을 두고 엄마는 구멍 난 헌 수건만 고집했는지. 어쩌다 한 번씩 오는 자식에게는 뽀송뽀송한 새것을 내주는 모정과 너덜너덜 낡은 것이라도 쉽게 버릴 수 없는 추억이 있다는 걸 엄마의 하해(河海) 같은 마음을 이제야 알았다.

화양연화(花樣年華)의
한복 파티

　계절의 여왕답게 5월은 참 싱그럽다. 서울의 한 여자대학교에서 한복을 입어야만 입장할 수 있는 파티가 열렸다. 처음 들을 때는 참 별스럽다는 생각이 들었다. 하지만 그 연유를 알게 되니 내 선입견이 부끄러웠다.

　이 학교 '꽃신을 신고'라는 동아리에서 우리 한복을 알리기 위해 기획했다. 참으로 기특한 일이 아닐 수 없다. 이름에서 묻어나듯 이들은 아름다운 한복만 입은 게 아니라 버선과 꽃신까지 갖춘 제대로 한복의 미를 한껏 뽐냈다.

　매년 열리는 한복 파티는 머리부터 발끝까지 우리 전통의 옷차림으로 단장했다. 무엇보다 한옥으로 둘러싸인 마당에서 열린 한복의 아름다움은 더욱더 빛이 났다. 평소에는 미니스커트와 반바지를 즐겨 입던 발랄한 모습은 간데없고 학생들은 단아한 양갓집

규수가 되었다.

이처럼 한복을 입고 파티를 열게 된 동기가 이채롭다. 한동안 매스컴에 떠들썩했던 서울의 S 호텔의 '한복 출입금지 사건'이 발단이 되었다. 당시 우리나라뿐만 아니라 세계가 인정한 유명 한복 디자이너 L 씨가 한복을 입었다는 이유로 호텔 뷔페 입장을 거부당했다. 그 일이 일어난 직후 몇몇 학생들이 교내 온라인 커뮤니티를 중심으로 '한복 입는 문화를 만들어 보자.'며 의기투합하여 우리 옷을 알리기 위해 발벗고 나섰다.

그 일은 갑론을박으로 인터넷을 달구었다. 급기야 S그룹 사주의 딸인 대표이사가 당사자를 찾아가 직접 사과까지 한 후 마무리되었다. 하지만 사회에서 바라본 시선은 곱지 않았다. 우리 고유 한복을 홀대한 곳을 불매하자는 여론에 떠밀려는지 결국, 한복이 운동복과 같이 분류되어 출입을 거부했다고 해명했다. 어떻게 한복을 운동복과 같은 레벨을 붙었는지. 그 기업의 책임자에게 화가 나고 그걸 옹호하는 세력들이 참으로 아이러니했다.

파티에 빠짐없이 참석하고 있는 의상학과 학생은 "평소에 잘 안 입어서 쑥스럽기는 한데, 입어보니 생각보다 편하고 정말 예쁘고 좋다."라고 했다. 이 행사에는 우리 학생뿐만 아니라 외국인도 많이 참석했다. 처음 입어보는 한복의 또 다른 매력에 푹 빠졌다는 그들은 하늘거리는 나비처럼 손 날갯짓을 하면서 입에 침이 마르도록 한복을 칭찬했다. 그 모습을 보면서 어쩌면 우리보다 그들이 한복을 더 좋아한 것 같다.

한복만 입으면 누구나 참여할 수 있으며, 파티 중에는 한복 여신 경연(女神競演)을 비롯해 전통 먹을거리 장터, 강강술래 놀이, 풍물 패 공연 등 볼거리도 다양하다. 한복이 없는 사람은 소정의 세탁비만 내면 예쁜 한복을 빌려주기도 한다. 행사에는 200여 명이 참여하며, 학생뿐 아니라 외국인을 비롯하여 외부인이 30%나 될 정도로 큰 호응을 얻고 있다.

동아리 회원들은 매 학기 남산 한옥마을이나 인사동 등지로 한복 나들이를 하면서 한복을 알리고 있다. 이들이 단체로 한복을 입고 경복궁 나들이를 하러 가면 외국인 관광객 수십 명이 함께 사진을 찍으려고 줄을 서기도 하는 진풍경이 벌어지기도 한다. 이들의 한복 열정 덕에 한복에 대한 주변의 관심이 많이 늘고 있어서 앞으로 더 큰 행사로 이어질 것으로 예감된다.

이 파티 참여자는 매년 증가하는데 한복을 대여하는 사람이 감소하는 것을 보면 한복을 소유하는 개인이 늘고 있다는 증거이다. 다른 나라는 일상에서 기모노, 치파오 같은 전통 의상을 자주 입는데, 우리 한복은 아직 보편화하지 않아서 아쉬움을 털어냈다. 한복은 편한 옷은 아니지만, 우아하고 품위 있는 한복은 국위 선양을 하는 행사에는 꼭 등장하지 않는가. 우리 전통 옷을 젊은 세대들이 이렇게 관심을 두고 문화를 알리고자 노력하는 마음이 대견스럽다. 기성세대보다 한층 더 성숙하고 사려 깊은 학생들의 자발

적인 파티가 이제는 지역 곳곳까지 스며들고, 더불어 외국인까지 이 파티를 기다린다고 했다.

파티를 알리는 포스터에 쓰인 글귀 '화양연화(花樣年華)'의 뜻처럼 인생에서 가장 아름다운 한복 파티가 지속되길 빌어본다.

이름값 하는
여름

    밤이 이슥하도록 열대야는 수그러들지 않았다. 잠자리를 좀처럼 옮기지 않은 딸이 베개를 들고 거실로 나왔다. 거실에 있는 온도계는 33도를 가리키고 있다. 이런 날씨가 열흘 가까이 지속하여 오늘은 급기야 불볕더위 주의보에 이어서 경보로 바뀌었다.

    도대체 더위의 한계가 어딘지 무섭다. 만나는 사람마다 무자비한 불볕더위에 '날씨가 미쳤나?' 할 정도로 무서운 열기는 세계 각지가 열파(熱波)에 시달리며 사망자까지 속출하고 있다.

    서울은 주택 특성상 사면이 이웃집과 손을 뻗으면 맞닿을 정도로 가까운 거리다. 낮에는 강렬한 햇볕 때문에 기온이 올라가지만, 저녁이면 집마다 에어컨 실외기에서 나온 온실가스로 아프리카 모래사막 한가운데 서 있는 듯하다.

예전 살던 곳에서 황당한 일이 있었다. 갑자기 창문 밖에서 윙윙거리는 소리와 함께 더운 바람이 올라왔다. 확인해보니 아랫집에서 우리 창문 밑에 설치한 에어컨 실외기가 문제였다. 다른 곳으로 옮겨달라고 하자 높은 옥상에 설치하면 비용 때문이라고 얼버무렸다. 남을 배려할 줄 모르는 무례한 행동에 화가 났다. 이러듯이 이웃집 창문 쪽으로 실외기를 설치하고 아래층은 위층 창문 아래 설치하는 조금도 배려심 없고 자신만 아는 사람들 때문에 언쟁이 일어나고 무고한 사람들만 피해를 본다.

밤새 잠을 이루지 못하고 뒤척이던 딸이 "에어컨을 상전처럼 모셔놓고 생고생"이라고 했다. 베란다에 자기 구실도 못 하고 잠자고 있는 에어컨을 두고 한 말이다. 이태 전, 이사하면서 십 년을 훨씬 넘긴 에어컨은 전기효율이 너무 높아서 아예 설치 못 한 게 조금 후회가 되었다. 다른 해는 선풍기만으로도 잘 넘겼는데 이번은 더위도 너무 덥다. 그나마 밤새 이어지는 올림픽 경기에서 우리나라 선수들이 선전하여 금메달을 따는 모습을 보면서 위안 삼았다.

다음날 에어컨 매장을 방문했다. 날씨 탓인지 갑자기 사려는 사람이 몰려서 가을에나 설치 가능하다고 했다. 더위가 가신 뒤에 설치하면 뭐 하나 싶은 생각에 그냥 나왔다. 혹시나 해서 중고에어컨 설치하는 곳에 알아봤더니 그곳도 한 달 안에는 어렵다고 했다.

최근 이런 뜨거운 기후는 기상학적으로 아주 희귀한 경우이고, 이게 다 우리 인간이 만들어낸 지구온난화의 결과라고 볼 수밖에 없다는 통계분석에 공감이 갔다. 지구온난화의 대부로 불리는 제임스 한 센 박사는 혹심한 고온은 정상적인 기상도 불규칙한 기상이변도 아니며 기후가 완전히 변화한 것이라니 무서움마저 들었다. 지금 세계는 불볕더위로 기후 재난, 가뭄 재난 등으로 수만 명이 죽어가는 지구온난화의 결과이다. 지역에 따라서 폭우와 심한 가뭄으로 바다도 안심할 수 없는 심각한 상황이다.

도심의 불볕더위를 일으키는 주범은 에어컨 실외기뿐만 아니라 아스팔트 도로도 한몫 톡톡히 하고 있다. 한낮에 잠깐 밖에 나갔다가 아스팔트 도로에서 올라온 열기로 발바닥과 얼굴이 화상을 입은 것처럼 후끈거렸다. 이제 아스팔트 도로는 시골까지 점령하여 흙먼지가 날리고 비가 오면 옷과 신발에 분탕질한 흙길이 싫었던 옛길이 매우 그립다. 강과 산에서 불어오는 바람 줄기를 막아서 건물을 지은 것도 주범이 아니라고는 못 한다.

혹여 태풍이 올까 노심초사했던 농어민들도 비를 몰고 오는 태풍이 오길 간절한 바람을 저버리고 불볕더위를 이기지 못하고 피해 갈 정도다. 애써 가꾼 농작물이 말라가는 걸 보면서 속이 까맣게 탄다는 농부의 한숨과 바다의 수온이 높아서 생긴 적조 때문에 물고기의 떼죽음 앞에 망연자실한 어부 모습이 애처롭다.

이름값 하는 여름이 제 몫을 마칠 때까지 즐겨보리라는 마음속에는 온전한 나라를 물려주어 후손에게 책망받는 사람은 되지 않아야겠다는 생각이 고개 들었다.

꼭꼭 숨겨둔
편백숲의 그리움

가을이 단풍을 재촉하자 행복이 소리 없이 오붓하게 내 주위에 스며들었다. 어린 시절의 편백숲이 그리워 군내 버스를 탔다.

읍내를 벗어나자 해창만 황금색 넓은 들판에는 막바지 가을걷이가 한창이다. 그 모습이 한동안 그렇게 살아온 탓인지 괜스레 미안하다. 담 대신 촘촘히 심어진 울타리 아래 짚뙈기에 앉은 달덩이 같은 누런 호박이 탐스럽다. 아스라이 펼쳐지는 해안선을 따라 낯익은 바다에는 고깃배들이 작은 섬처럼 점점이 떠 있다. 계절마다 이름 모를 풀꽃들이 흐드러져 향기를 뿜는 해안가 언저리를 버스는 곡예를 하듯이 달렸다. 모교 초등학교 운동장에는 벚나무 고목이 울긋불긋 고운 옷으로 갈아입었다.

유년의 마음과 현재의 눈이 앞서거니 뒤서거니 하는 동안 어느새 버스는 나로도 정류장에 도착했다. 등산복 차림의 낯선 손님이 서너 명이 오르자 버스는 이내 출발했다. 어린 시절 수없이 걸었던 울퉁불퉁 흙길은 아스팔트로 단장하고 산모롱이로 이어지는 좁다란 길은 넓게 포장되어 폼나게 단장했다.

눈을 떼지 못하고 옛길을 쫓은 사이 버스는 부릉부릉 가파른 길을 숨차게 올랐다가 꽁무니에 하얀 연기를 뿜으며 언덕을 내려갔다. 종점인 예내리 예당마을 승강장에 도착했다. 유난히 굽이치고 꼬불거리는 길을 안전하게 데려다준 기사 아저씨에게 수고했다는 인사를 건네고 내리자 살가운 바람이 불어와 무겁게 눌러앉은 피로가 가뿐히 날아갔다.

예당마을에서 산길을 40여 분 오르자 편백 나무숲이 한눈에 들어왔다. 갑자기 콩닥거리는 가슴은 사부작사부작 걷던 걸음을 재촉했다. 푸르름을 잊지 않고 뾰족하게 삐죽삐죽 서 있는 삼만 그루의 편백숲은 가을 햇살에 보석처럼 빛났다.

숲속으로 빨려 들어가자 특유의 나무 향기가 온몸을 감쌌다. 나무를 안고 숨을 크게 들이마시자 속이 뻥 뚫렸다. 사람들의 탄성이 여기저기서 들렸다. 원래 이곳은 현지인들만이 아는 공간이었다가 요즘 들어 관광지로 주목받으면서 외지(外地) 사람들이 부쩍 늘었다.

일제 강점기인 1920년대 당시 일본 사람들은 자기네 나라로 가져갈 목적으로 삼나무와 편백나무를 심었다. 해방되어 그들이 물러간 뒤에도 이 숲을 훼손하지 않고 오롯이 지킬 수 있었던 것은 1981년 다도해 해상국립공원으로 지정되었기 때문이다. 수령 100년에 이르는 국내에서 가장 오래된 군락을 이룬 높이 20~25m 가량 되는 울창한 숲이며, 2016년에는 산림청으로부터 '국가산림문화자산'으로 지정받았다.

생전(生前)에 꼭 가보고 싶다는 엄마와 함께 다녀간 지 벌써 몇 년이 지났다. 편백숲은 어린 시절 그리움이 꼭꼭 숨겨진 곳이다. 예전보다 더 울울창창한 숲에 들어서자 등골에 흐르는 땀이 금방 식었다. 반백 년이 넘은 시간 동안 장대해진 숲과 아름드리나무를 만지면서 입을 다물지 못했다.

이렇게 크도록 무심하게 살았다며 엄마는 연신 나무를 쓰다듬었다. 저쪽 어디쯤 그 큰골 점쟁이 집이었지? 물맛 좋던 옹달샘은 아직 있을까? 여기 어디쯤 나무 밑에서 도시락 먹었는데. 가슴 깊은 곳에 숨죽이고 있던 추억의 세포가 꿈틀대며 물었다. "니그랑 함께했던 그걸 어찌 잊는다냐. 꼬부랑재 넘을 때는 힘들다가도 시원한 물 한 바가지 묵고 이곳에 오면 땀이 금방 식었잖애."라며 몹시 그리운지 눈가에 조랑조랑 달린 눈물을 훔치면서 대답하던 엄마의 얼굴이 떠올라 울컥했다.

셋이 함께 점심을 먹었던 그 나무 밑에 표시라도 해둘걸 하는 아쉬움이 밀물처럼 밀려왔다. 추억을 나눌 엄마와 오빠는 하늘나라에 가고 없지만, 함께했던 별뉘가 스미는 숲이 그대로여서 참

다행이다.

　나로우주센터가 만들어지면서 큰골이라는 지명을 가진 이곳에 있던 집 서너 채가 철거되었다. 엄마와 나는 몇십 년이 지난 이야기를 어제 일처럼 기억했다. 눈썰미 좋은 엄마는 물맛이 좋았던 옹달샘과 점쟁이 집터가 있던 자리를 긴가민가하면서 찾아갔다. 하지만 아쉽게도 옹달샘은 간 곳 없고 사람이 물러간 집터에는 흐드러지게 핀 개망초가 차지한 모습이 못내 아쉬웠는지 "세월이 얼만디, 편백나무만 봐도 좋다." 하던 엄마의 목소리가 귓가에 쟁쟁했다.

　그렇다. 편백숲은 우리 가족에게 추억이 참 많다. 어부였던 아버지를 대신하여 엄마는 모든 집안일에 농사짓고, 땔감인 나무까지 했다. 당시는 마을과 인접한 산은 거의 다 민둥산이어서 몇십 리 떨어진 곳에서 나무를 할 수밖에 없었다. 오빠들이 성장하여 나로도 끝머리인 청석금이 끝에 있는 친척 집에서 하루 이틀씩 묵으면서 나무를 해놓고 바다가 잠잠할 때 배로 싣고 왔다. 매년 늦은 가을에 낙엽 지고 새순이 돋기 직전인 초봄까지 청석금을 갈라치면 꼭 편백숲 오솔길을 지나야 했다.

　엄마 껌딱지인 초등학교 저학년부터 나무하던 야무진 단발머리 소녀로 돌아가 편백숲의 청량한 기운에 흠뻑 젖었다. 어린 시절 수채화가 있는 그리움의 숲속이 그대로 있는 것만으로도 기쁘고 행복한 하루였다. 언제라도 꼭꼭 숨겨둔 추억이 보고프면 달려오리라.

조조할인의
묘미

지난 토요일 일본군 위안부를 소재로 한 영화 '귀향'을 조조할인으로 관람했다. 요즘 인기 있는 영화인지 주말과 휴일 낮에 상영하는 표를 구할 수가 없어서 늦잠을 반납했다.

주말 아침 이른 시간에도 극장 안은 빈 좌석 없이 꽉 찼다. 종종 조조할인 영화를 관람하는 요즘 보기 드문 현상에 적잖게 놀랐지만, '귀향'의 역사적 의미를 되새기려는 사람이 많다는 증거였다. 요금도 저렴하고 사람이 붐비지 않아서인지 조조할인을 이용하는 사람들이 늘고 있다.

서울에 온 지 얼마 되지 않았을 때이다. 우리나라 영화 사상 드물게 보는 수작(秀作)이라는 광고와 영화평에 이끌려 휴일 한낮 충무로 쪽으로 찾아갔다. 극장 앞에 늘어서 있는 사람들 속에 끼어서 차례를 기다리면서 뙤약볕 아래서 묵묵히 기다리는 그들의 얼굴에 깔린 피로와 우수의 그림자를 힐끔거렸다. 저들에게 나도 저런 모습으로 비추지는 않을까, 거기에 생각이 미치자 얼른 자리를 뜨고 싶었지만 기다린 시간이 아까워 참았다.

모처럼 남들은 주말을 맞아 권태로운 영역을 탈출, 새움이 돋아나는 산과 출렁이는 물가에서 여가를 즐기고 있을 텐데. 나는 무슨 자력에라도 끌리듯 마냥 같은 공해 지대에서 서성거리고 있다. 사람들이 기껏 즐길 수 있는 오락이라는 게 고작 극장이었던 시절이다.

오랜 기다림 끝에 표를 구하여 들어간 극장은 음침하고 밀폐되어 퀴퀴한 냄새 때문에 머리가 지끈거렸다. 즐기러 갔다가 즐기기는커녕 힘들어서 영화가 끝나기도 전에 도둑고양이처럼 문을 열고 나왔다. 그 고통을 당한 후 한동안 아무리 좋은 영화가 있다손 쳐도 쉽사리 극장을 찾지 못했다.

그러다가 예전 극장의 틀을 벗어난 영화관이 새롭게 생겨난 후 조조할인을 좋아하게 되었다. 그 이유는 결코 할인보다는 순전히 조조(早朝)의 분위기에 있었다. 우선 창구 앞에 늘어서지 않고 절차가 간단해서 좋다.

그리고 아무 데나 앉고 싶은 자리에 앉을 수 있는 선택의 좌석이 많아서이다. 조조의 매력은 가뜩이나 각박한 세상에 듬성듬성

앉을 수 있는 여유 있는 공간이다. 그렇게 앉아 있는 뒷모습은 친근감마저 든다. 가끔은 이 아침에 모인 그들은 어떤 사람들일까? 할 일이 없는 걸까, 아니면 야간 일 마치고 집에 가는 길에 훌쩍 들렀는지. 이유가 뭐든 그들의 얼굴도 모른 체 상상만으로도 다들 착한 사람들 같다.

가끔은 나도 그런 사람이 되고 싶어서 조조할인을 좋아하는지도 모르겠다.

천경자의 아름다운
92페이지

#1

　신문을 읽다가 깜짝 놀랐다. 화가 천경자 선생님의 부고였다. 지난 8월에 사망했는데 두어 달이 지나서야 그의 죽음이 밝혀졌다. 그는 오래전 뇌출혈로 쓰러진 후 거동을 못 하고 뉴욕에 있는 큰딸 집에 머무르다 생을 마감했다.

　온종일 여러 매체는 앞다투어 그의 삶과 죽음에 관한 기사를 보도했다. 세계 화단에서도 인정한 그가 머나먼 타국에서 허망하게 간 죽음이 못내 안타까워서 서울시립미술관에 갔다. 그의 죽음을 이토록 애석한 건 동향으로 매우 자랑스럽고, 오래전부터 특별한 색채의 그림과 자전적 수필을 정말 좋아해서이다.

　내가 살았던 동네 구 벨기에 대사관을 새롭게 단장한 '서울미술관 남서울분관'이 문을 열었다. 개관을 기념하는 특별전으로 국내

화단의 대표작가 중 한 명인 천경자 화백의 그림이 전시되었다. 그의 작품세계를 만나러 한달음에 미술관을 찾았다. 1980년대 중반에 출판된 에세이집 '꽃과 색채와 바람'을 시작으로 그가 출간한 책들을 읽었기에 작품 한 점 한 점에 더 푹 빠져들었다. 자신의 스물두 살 때를 회상한 초상이나 다름없는 '내 슬픈 전설의 22페이지'에는 화관처럼 머리에 꽃뱀을 쓴 여인상의 고독한 눈망울이 슬퍼 보였다. 천 화백의 대표적 주제라고 할 수 있는 '여인' 시리즈와 세계 도처를 여행하면서 화폭에 담은 '여행 풍물화'를 중심으로 사십여 점이 전시되었다.

그가 1940년대부터 90년대 중반까지 근 60년에 걸쳐 제작한 작품들로 자신의 모습을 담은 자화상과 다양한 인물화, 그리고 해외 여행 풍물화 등은 늘 천 화백의 가슴에서 떠나지 않은 것들이며 세인의 관심거리가 되는 주제들이다. 여인의 머리 위에 비처럼 쏟아지는 우아한 작품이 유독 시선을 끌었다. 등꽃 같은 노란 꽃잎과 하얀 나비가 어울려 환상을 자아내고 목이 긴 여인의 머릿결이 아름다운 '황금의 비'란 작품은 우수에 찬 눈동자와 오뚝한 코와 꽉 다문 입술은 화가와 닮은꼴이다. 이 작품은 색조가 은은하면서 연인의 표정에 개성이 있어 책 표지나 기념품 디자인에 많이 쓰였다.

#2

샛노란 개나리가 피어나고 연둣빛 새싹이 움트는 3월, 갤러리

현대에서 그의 전 작업을 결산하는 큰 종합전이 열렸다. 어쩌면 생전의 마지막 전시회가 될지 모른다는 생각에 그곳을 찾았다. 넓은 건물 한 벽면에 '내 생애 아름다운 82페이지'에 천 화백의 사진이 크게 걸렸다.

현대갤러리전시관과 영친왕의 생모가 입궁하기 전 잠시 머물렀던 두가헌에는 그의 모든 자서전 82페이지가 있었다. 목이 길어 더 슬픈 여인을 만났고, 탱고가 흐르는 먼 이국의 황혼을 감상하며 새 색시인 그를 그림 속에서 다시 만났다.

비록 몸은 먼 이국의 병상에 있지만, 마음은 이 아름다운 축제에 머물고 있을 것이다. 늘 미완성이란 작품으로 미완성의 인생이라는 말을 즐겨 쓰며, 완성이 있다손 쳐도 그것엔 별반 매력이 없다는 그의 자서전의 글처럼, 그 속에는 꿈이 있어 그 꿈을 향해 부지런히 그림을 그리며 오붓한 행복을 추구한다는 그의 인생이 오롯이 녹아 있었다.

그림보다는 연극배우를 동경했던 그는 욕심이 많아 여주인공을 꿈꾸었다. 그런데 불행히도 어릴 때부터 키가 컸고 초등학교의 성적은 언제나 30명 중 대여섯 번째에서 맴돌았다. 초등학교의 학예회란 으레 공부를 잘하는 아이를 뽑았고, 여주인공은 키가 작은 소녀가 뽑히는 것으로 정해 놓다시피 했으니까. 성적이 우수한 동무에게 뺏겼고 또 괜찮은 배역 역시 성적은 못 하더라도 연극에 소질이 있는 동무에게 넘어갔다고 했다. 크리스마스 날, 예배당 연극에서도 키 때문에 여주인공을 못했다는 그는 그때부터 화가로 정해져 있었나 보다.

미인도의 진위 논란에 고통을 받은 천 화백은 딸이 있는 미국으로 훌쩍 떠나기 전 분신과도 같은 귀중한 작품 93점을 서울시립미술관에 기증한 것이다. 다행히 위작 논란의 진위가 밝혀져 일단락되었지만, 노 화백의 가슴에 남은 생채기는 어떻게 할 것인지. 그런 일이 없었다면 우리나라 화단은 물론이고 세계적인 화가로 우뚝 섰을 것이다.

진주를 품은 조개처럼 쉽지 않았던 그녀의 예술혼을 잉태한 고향 고흥에 전시관이 개관되었다가 폐관된 일은 두고두고 아쉬움으로 남는다. 드로잉 55점과 판화 11점 등 총 66점의 작품을 기증했지만, 작품 부실 관리 이유로 가족과 고흥군은 합의점을 찾지 못하고 작품을 돌려주고 말았다. 기대했던 그의 미술관 건립도 물거품이 되자 팬들과 고향 사람들은 몹시 허탈해했다.

그의 부고를 접한 며칠 후 고흥에 있는 동안 그림의 모태인 고향 마을을 찾았다. 늦여름의 해가 지고 어둠이 내릴 때까지 그림을 잘 그렸던 아이 옥자의 발자취를 더듬었다. 몇 번째 집주인이 바뀐 집터와 먹었던 우물에도 갔다. 늘 스케치북을 옆구리에 끼고 다녔던 조용하고 착한 키 큰 멋쟁이 옥자 언니. 그는 뛰어난 화가이고 작가이다. 그의 꿈과 환상은 어느덧 화려한 전설이 되고, 우리는 한 전설적인 화가를 갖은 행복을 누렸다.

일제 강점기와 6·25전쟁과 1970년대의 핍진했던 격동기를 여성으로서 엄마로서 화가로서 온몸으로 부딪치며 살아내야 했던 예술가의 열정과 사랑이 고스란히 담긴 저서 '내 슬픈 전설의 49페이지'를 다시 펼쳤다.

　"꿈은 화폭에 있고 시름은 담배에 있으며 용기 있는 자유주의자 정직한 생애 그러나 그는 좀 고약한 예술가다. 그리고 화가 천경자는 가까이 갈 수도 없고 멀리할 수도 없다." 가까운 사이였던 P 작가는 그를 회상하고 기억했다.

　'내 생애 가장 아름다운 82페이지' 전시회에서 구매한 '황금의 비'로 제작한 스카프를 조용히 목에 감았다. 화가의 삶을 허락한 운명에 고맙다는 꽃과 영혼으로 아름다운 92페이지를 천상(天上)에서도 이어가길 소망한다. 그가 그리우면 언제라도 미술관으로 달려갈 것이다.

중년의 애환을 담은 연극

　부산에서 올라온 동생과 모처럼 연극을 보러 대학로에 갔다. 봄에서 여름으로 넘어가는 길목에서 나무들이 연둣빛으로 물든 마로니에 공원에는 청춘 남녀들이 북적거렸다. 시끌벅적한 길거리 공연에는 나도 덩달아 달떴다. 이른 저녁을 먹고 대학로를 처음 와본 동생과 번잡한 곳부터 호젓한 뒷골목까지 사부작사부작 걸었다.

　공연 시간이 다가와 공연장이 있는 건물 지하로 내려갔다. 나처럼 중년의 관람객들이 삼삼오오 모여서 '여보, 나도 할 말 있어.'라는 연극의 배너를 배경으로 행복한 미소를 띠며 사진을 찍고 있었다. 입장하고 좌석을 찾아 앉았다. 주말이라서 그런지 공연장은 빈 좌석 없이 가득 찼다.

　연극이 시작되었다. 도시의 찜질방을 배경으로 우리 이웃들의 사람 냄새 물씬 풍기는 이야기를 그려낸 작품이었다. 일상을 나누는 자매 같은 사람들, 오가다 만났지만 표정만으로도 서로 위로할 수 있는 중년들의 생생한 이야기를 담아낸 작품이 꼭 우리네 이웃과 같았다. 내 또래 관람객들은 공감하는지 숨죽여 키득거리는 웃음소리가 여기저기서 나왔다. 회사와 가족, 자식, 남편과의 사이에서 일어나는 토막 이야기를 통해 지루한 일상의 스트레스를 한바탕 수다로 날려 보내주었다.

자식들 얼굴 한번 보기 어려운 말복, 부인에게 강아지보다 못한 존재인 것 같은 영호. 허리가 휘게 손자를 보고도 큰 소리 한 번 못 내는 영자. 쉼 없는 자기 자랑에 입이 마른 춘자, 사춘기 아들과 전쟁 중인 갱년기 오목이까지 재치 있는 배우들이 풀어내는 익숙한 우리의 일상 이야기는 남의 일 같지 않았다. 키득거리던 소리는 어느 순간 한숨으로 바뀌었다.

40대부터 60대까지 폭넓은 연령대로 구성된 맛깔스러운 배우들의 명품 연기가 한층 더 연극의 묘미를 살려주었다. 특히 뮤지컬 '살짜기 옵서예'에서 방자 역할로 여전한 웃음을 선사한 K, 어느덧 연극배우라는 호칭이 익숙한 호빵 김진수와 뮤지컬 '인당수 사랑가'에서 신명 나는 '방자 천자'를 불러 뚜렷한 인상을 남긴 김재만 등 연기력 갖춘 배우들은 재미있는 말투와 동작으로 큰 웃음을 자아냈다.

젊은 남편은 남편대로 집에서 중학교 3학년 딸에게 밀리고, 가족을 위해 평생 직장 생활하다 퇴직한 남편은 집에서 기르는 강아지보다 못한 대접을 받는다는 대목에서는 웃음보다 서글픔이 앞섰다. 앞 좌석 나이 지긋한 어른은 쯧쯧! 혀를 찼다. 물론 세상의 모든 남편이 그런 대접을 받고 살지 않지만, 일부에서 떠도는 말에 의하며 세 끼 집에서 꼬박꼬박 밥 먹는 남편을 두고 삼식(三食)이라고 부른다고 한다. 우리 집에서는 상상할 수 없는 상황이라서 기가 꺾인 요즘 남자들을 보면 딱하다는 생각이 든다.

하지만 아내들의 일상은 어떤가. 자식 낳아 키우고, 허리가 휘도록 공부시킬 때는 자식이 결혼하면 끝인 줄 안다. 그렇지만 손자 손녀가 태어나면 맞벌이하는 자식을 위해 돌봐주어야 하는 고달픔이 있다. 돌보면 몸이 고생이고 못 봐주면 마음이 편치 않을 아내들도 딱하기는 남편과 별반 다를 것이 없다.

잘난 자식은 얼굴 보기가 하늘의 별 따기만큼 힘들고, 명절에도 통장으로 몇 푼 보내고 외국 여행 떠나는 자식들. 젊은 엄마는 고등학생인 아들이 휴대전화기에 빠져서 공부는 뒷전이고, 늘 사고를 쳐서 학교에 불려 다니기 일쑤다. 늘 남편 자랑이 늘어진 춘자는 남편이 바람을 피우는데도 자존심 때문에 숨기다 나중에 이혼한다.

이처럼 동네 찜질방을 배경으로 일어나는 우리 이웃의 진솔한 이야기를 엮어낸 연극인데도 그냥 웃음으로 넘기기에는 뒷맛이 씁쓸하다. 모두가 결혼하고 자식을 낳고 키우며 인생에서 외롭고

위태로운 자신을 발견한 중년의 이들. 그들은 각자 자신의 고민과 한숨 어린 삶의 애환을 풀어놓았지만, 과연 무엇으로 위로받고 어떻게 길을 찾을 것인가.

누가 꽃보다 아름다운 중년이라 했던가. 그 시기면 여러 가지 일에서 해방될 줄 알지만, 나이를 먹을수록 챙겨야 할 사람과 일이 더 많은 게 현실이다.

위 세대와 아래 세대에게 치이는 가슴 쩡한 중년들의 이야기를 전한 연극. '여보 나도 할 말 있어.'라는 진솔한 내용이 충분히 담겨있으며 배우들의 신나는 연기 덕분에 즐거웠다. 중년의 내 삶을 들여다보는 미래의 엄숙한 도정(道程)이요. 인생의 의미를 새롭게 제2 완경기의 출발점이 아닐까 싶다.

고흥의 제1경 팔영산 예찬

머칠 동안 우중충했던 날씨가 유리알처럼 맑았다. 이런 날이면 난 꼭 이불 빨래를 한다. 아침 이른 시간부터 시작한 빨래는 점심 때가 되어서야 끝났다. 옥상에 널어둔 이불의 물기는 눈부신 햇살과 살랑이는 바람에 금세 백기를 들고 보송보송해졌다.

나도 덩달아 난간에 기대에 햇볕 샤워를 하면서 모처럼 여유를 부릴 즈음 부산 사는 손아래 올케가 전화했다. 집과 멀지 않은 팔영산으로 등산을 왔다며 언니 목소리라도 들으려고 연락했다는 그를 만나러 팔영산 입구로 갔다.

서울살이하느라 십수 년 만이다. 여덟 봉우리의 팔영산은 여전히 기품 있게 섰다. 산 위에서 내려오려면 시간이 걸린다는 올케를 마중하러 나도 고흥의 제1경인 팔영산 가을 속으로 뛰어들었다. 주차장에 내려서 절 왼쪽의 대숲 샛길로 들어갔다. 숲이 끝나자 널따란 주차장인 야영장이 나타났다. 예전 야영장에서 고흥 여성단체 행사를 자주 했던 추억의 장소다. 길옆에는 정리되지 않은 부도가 그대로였다.

그곳을 지나자 개활지가 넓게 펼쳐지고 그 끝에 민가(民家)인 팔영산장이 있었다. 졸졸거리는 작은 계류를 따라 걷다 보니 어느새 마당바위다. 이곳에서 지인들과 둘러앉아 커피나 간식을 먹었던 추억을 잊을 수 없어 인근 산을 오르면서 그리움을 대신 채우기로 했다.

초록이 넘실대던 어느 해 봄, 맨 처음으로 팔영산을 오르면서 너무 힘들어 몇 번이나 주저앉았던 오랜 기억이 저편에서 훠이훠이 달려왔다. 포기하면 평생 후회한다는 지인들의 회유(回諭)에 떠밀려서 어렵사리 정상에 섰다. 이게 웬일인가? 눈 앞에 펼쳐진 풍경에 탄성을 내질렀다. 왜 사람들이 고흥에서 제일 아름답고 유려한 절경이라고 했는지 잘 이해되었다.

높은 곳에서 내려 본 굽이굽이 곡선으로 이루어진 올망졸망한 섬들. 그 섬과 접촉을 이루고 있는 해안선은 굴곡진 삶의 희로애락과 생로병사를 신기루처럼 얘기한 것 같았다. 쾌속선이 내달리는 푸른 봇돌 바다는 한 폭의 명화(名畵)였다. 그 배를 따라 눈길을 돌리며 고향 나로도의 구석구석을 내려다본 기쁨도 누렸다. 가까이 가서 보면 절경(絕景)이고 멀리서 보면 환경(幻鏡)이었다. 각각의 여덟 봉우리에 올라설 때마다 눈 앞에 펼쳐진 수려하고 아련한 또 다른 다도해의 풍치(風致)에 압도당했다. 그 풍경을 못 잊어 시간만 나면 팔영산을 찾았고 나름 팔영산 예찬가가 되었다.

2011년 국립공원으로 지정된 팔영산은 내가 사는 고흥읍에서 동쪽으로 25㎞ 떨어진 소백산맥의 맨 끝부분에 위치한다. 유연봉인 1봉을 시작으로 성주봉, 생황봉, 사자봉, 오로봉, 두류봉, 그리고 7봉인 칠성봉과 적취봉 등 여덟 봉우리가 남쪽을 향해 일직선으로 솟아 있다. 그래서 한때는 팔봉산, 팔령산, 팔전산 등으로도 불렀다.

옛날 중국의 위왕이 세수를 하다가 대야에 비친 여덟 봉우리에 감탄하여 신하들에게 찾게 하였으니 중국에서는 찾을 수가 없어서 이곳 팔영산까지 오게 되었다. 그는 몸소 제를 올리고 팔영산이라 이름 지었다는 전설이 있으며 김정호의 대동여지도에도 신령할 령(靈)으로 표기되었다. 팔영산은 사계절 전국에서 모여든 등산 애호가들이 아름다운 암릉의 종주 등반의 묘미를 만끽하는 곳이다.

웅성웅성 한 무리 등산객이 내려왔다. 산벚나무에 앉았던 산새가 포르릉 날아갔다. 노란 들국화가 화들짝 놀라 온몸을 흔들거리며 향기를 뿜어낸다. 키 큰 억새가 여덟 봉우리를 휘감은 구름을 향해 고개를 치켜들었다. 건강상의 이유로 이제 정상은 그림의 떡이다. 힘들어 주저앉았다면 영원히 산자락 아래로 펼쳐진 풍치를 감상하지 못했을 것이다. 사람은 추억을 먹고 산다고 했던 말을 실감했다.

엄마 품처럼 포근하고 따스한 풍경을 가득 채우는 건 고흥에 산다는 이유만으로 누릴 수 있는 행복이다.

현충원의
온통 이야기

#1

검정 옷을 단정히 차려입고 국립서울현충원에서 열리는 추모(追慕) 행사가 있어서 집을 나섰다.

이곳에는 이승만, 박정희, 김대중, 김영삼 대통령의 묘소가 있다. 애국지사, 장군묘역, 경찰묘역, 국가유공자묘역 등 56개 사병 묘역이 있다. 온갖 이야기를 품고 있는 묘비마다 슬프고 애처롭기 그지없다.

해마다 열리는 추모 행사가 대부분이지만 새로운 행사가 열리기도 한다. 행사 외에도 각 묘역과 자매결연을 맺은 기업이나 단체 자원봉사자와 개인 봉사자들을 취재도 많이 한다. 그중 무엇보다 대가 없이 순수한 마음으로 참여하는 자원봉사자들을 만나면서 우리의 밝은 미래를 보는 것 같아서 참 좋다. 유치원생은 부모를 따라오지만 초등학생, 중고등학생과 팔순이 훌쩍 넘은 나이에도 나라를 위해 고귀한 목숨을 바친 순국선열과 호국영령에게 조금이나마 감사와 고마움을 전하고자 참여하며 더구나 애써 이름 밝히기를 주저하는 봉사자들을 보면 고개가 저절로 숙여진다.

취재하면서 만난 많은 유가족의 애달픈 사연은 늘 먹먹한 가슴을 진정하는 데 짧지 않은 시간 걸린다. 대통령들의 추모식을 비롯하여 애국지사, 국가 유공자들의 추모식과 현충일 추념식 등에서 수많은 사연과 눈물을 보았다.

그중에서도 6·25전쟁 중 행불된 분들의 위패봉안식에서 만난 귀밑머리 희끗희끗한 유복녀의 통곡은 두고두고 내 가슴을 저리게 했다. 전쟁 중에 끌려가 생사를 모른 채 태어난 그는 막일을 하는 어머니와 단둘이 살았다. 날마다 끼니 걱정했던 어린 시절. 아버지가 분명 6·25전쟁 중에 전사했지만, 증거나 증명이 없어서 60여 년이 지난 후에야 참전용사가 되었다.

하지만 누구를 원망하기보다는 지금이라도 이곳 현충원에 비록 이름 세 글자 새겨진 위패지만 큰절을 올릴 수 있어서 천만다행이라고 했다. 이 순간부터 아버지를 만나러 올 수 있는 곳이 생겨서 더할 나위 없이 기쁘다는 유복녀의 눈물에는 슬픔과 기쁨이 있었다.

또한, 6·25전쟁 중 전사한 남편의 편지를 긴 세월 동안 허리춤에 차고 다닌 미망인의 눈물이다. 제57회 현충일 추념식이 끝난 겨레얼 마당 한 귀퉁이 소나무 그늘에서 만난 팔십 후반의 미망인이 입은 소복은 푸른 잔디와 함께 더 애처로웠다. 생전의 남편 이야기를 묻자 인제 와서 무슨 말을 하겠느냐며 경계하는 눈치였다. 나는 블로그 기자증을 내밀었다.

"나는 까막눈이라서 모르겠는디. 현충원 그림이 있으니 거짓말은 아닌 것 같다."라며 허리춤에 차고 있던 색동 주머니에서 한눈에 봐도 만지면 바스러질 것 같은 누런 종이봉투를 조심스레 꺼냈다. "우리 자식들에게도 보이지 않던 것인데. 기자 양반 덕에 오랜만에 세상 바람을 쐬네."라면서 편지를 건네주었다.

나는 마른 매미 날개 같은 편지를 두 손으로 받아서 조심스레 펴서 잔디에 올려놓고 사진을 찍어도 되겠냐고 물었다. 미망인은 고개를 끄덕이면서 편지 내용도 읽어보라고 했다. 편지는 여섯 통이었다. 한문과 한글이 뒤섞인 남편의 편지 내용은 자신 안위보다 차남이지만 본가에서 층층시하 시집살이하는 부인을 생각하고 어린 아들들이 보고 싶다는 내용이 대부분을 차지하고 있었다.

정작 편지 주인은 덤덤한데 나는 편지를 읽으며 눈물을 쏟았다. 그러자 미망인도 눈물 없는 마른 통곡을 쏟아냈다.

큰아들을 연탄가스 사고로 잃고, 함께 살던 둘째 아들 내외를 뿌리치고 혼자 사는데 남편 얼굴과 이름이 가물거릴 때가 가장 슬프다고 했다. 이제 얼마나 현충원에 올 수 있을지 모르겠다고 했다.

연금과 보훈 아파트에서 남편의 목숨값으로 살고 있으니 부부 인연으로 꼭 다시 살아보고 싶다고 했다.

위패 봉안관의 수많은 위패에서 남편 이름을 되뇌는 백발이 성성한 할머니. 무릎에 손을 짚고 굽은 허리를 힘껏 펴보지만 이내 쪼그리고 앉아버렸다.

"여기가 분명한데 어찌 안 보일까? 이보슈, 우리 남편 일병 이○○ 어디에 있나 찾아 주소."라며 짚고 있던 지팡이를 세우고 다시 고개를 치켜 보지만 제일 윗줄에 있다는 남편 이름을 찾기란 쉽지 않았다. 열여덟에 유복자를 낳아 일평생 삯바느질하며 아들과 살았다. 전사 통지를 받았지만, 남편의 시신을 찾지 못하여 이렇게 어두운 곳에 이름 석 자만 있으니 그게 제일 원통하다고 했다. 죽기 전에 유골이라도 찾아 햇볕이 내리는 묘역에 비석이라도 세우며 원이 없겠다고 했다. 이 미망인처럼 위패 봉안 당에 모셔진 시신 없는 유가족의 소원이 아니겠는가. 한동안 애절한 미망인의 젖은 목소리가 귓가에 맴돌았다.

#2

제1 묘역에는 아웅산 순국 외교사절 30주기 추모식이 열렸다. 다른 유족과 달리 혼자 묘소 앞에 무릎 꿇고 고개 숙인 채 한참을 미동도 하지 않던 그가 눈가를 훔치며 일어났다. 슬픔이 온몸으로 전해져 쉽게 다가가지 못하고 서성거리다가 눈빛이 충혈된 그와

눈이 마주쳤다. 조용히 곁으로 다가가 명함을 건네며 취재에 응해 달라고 했다.

열일곱 순국 외교사절관 중에 그의 아버지가 있었다.

"열여섯 살인 1983년 10월 9일. 정말 기억하고 싶지 않은 날"이라고 무겁게 입을 열었다.

"하늘이 내려앉았지요. 어머니는 그날 이후 병환으로 돌아가시고 고생 모르던 우리 삼 남매가 많이 힘들었어요."라고 했다. 아주 부유하지는 않았지만 어려움 없이 잘 살았다고 했다. 그는 막내로 형과 누나가 있는데 서로 바쁘게 사느라 연락하지 않고 왔다고 했다.

하루아침에 날벼락 같은 사고로 인하여 집과 가족은 한순간 풍비박산(風飛雹散)했다. 이제는 그렇게 가신 아버지가 안쓰럽고 원망했던 마음에 미안하다고 했다. 한창 부모 손길이 가장 필요했던 십대에 아버지와 엄마를 졸지(猝地)에 잃고 겹겹이 쌓인 슬픔과 아픔을 어떻게 안고 살았을지 가히 짐작조차 할 수 없었다. 이야기를 듣는 내내 너무너무 가여워서 얼마나 힘들었냐고 등이라도 한번 쓰다듬어 위로하고 싶었다. 헤어질 때 그는 가슴에 묻어둔 이야기를 들어주셔서 고맙다고 했다.

다른 묘소와는 다르게 많은 조화와 귀밑머리가 희끗희끗한 사람들이 묘소를 에워싸고 왁자지껄 담소를 나누었다. 젊어서 더욱더 안타까움을 자아냈던 동아일보 고(故) 이중현 사진기자 묘소다.

무리에서 벗어나 묘소에 손을 얹고 눈을 지그시 감고 있는 애절한 얼굴의 사람이 눈에 띄었다. 이 기자의 입사 동기였다. 직업의식이 누구보다 투철했던 그는 당시에도 단상 가까이 취재하는 선배에게 자리를 양보받은 직후였다고 했다.

"청천벽력(靑天霹靂) 같은 사건은 어느덧 30년이란 긴 시간이 지났지만, 그날을 어찌 잊겠는가?"라면서 정말 그리워지고 보고 싶다고 했다.

열여섯 살의 아들은 사십 대 중반의 아버지 나이가 되어 화해의 미소를 보내고 "출장을 보낸 이중현 기자가 사진을 아직도 마감하지 않고 있다."며 고인의 순직을 애통해하는 선배의 추모사는 오랫동안 심금을 울렸다.

올긋불긋 단풍잎이 곱게 빛나는 날. 2014년 11월 25일 이른 열한시. 국립서울현충원 현충관에서는 고(故) 채명신 장군 1주기 추도식이 대한민국 월남전참전자회 주관으로 유가족을 비롯하여 황진하 국회 국방위원장, 김용현 수도방위사령관과 월남전참전자회 회원 등 700여 명이 모인 가운데 엄숙히 거행되었다.

식순에 따라서 김천일 월남전참전자회 사무총장 사회자의 개식(開式)을 선언으로 시작되었다. 국기에 대한 경례, 애국가 제창에 이어서 조총 발사와 묵념을 한 다음 다 같이 경례했다.

채 장군은 1926년 11월 27일 황해도 곡산에서 태어나 2013년 11월 25일 생(生)을 마쳤다. "사병묘역에 안장해달라."는 그의 유언에 따라 국립서울현충원 제2 사병묘역에 안장되었다. 채 장군은

1948년 4월 육군사관학교 제5기로 졸업했다. 그 후 중요한 군의 보직을 거치면서 참 군인으로서 본분을 다하였으며, '죽어서도 월남전 참전 전우와 함께하겠다.'는 약속을 지켰다.

"지난해 오늘 '사병묘역에 안장해 달라.'는 유언을 끝으로 홀홀히 떠나신 우리들의 영원한 사령관님! 우리 앞에 있는 저 묘비명처럼 사령관님이 여기 계셔서 저희가 왔습니다. 정글에서 전사한 전우들을 생각하면 눈물이 앞을 가려 죽지 못했음을 자책하는 생시에 쓰신 회고록의 글귀가 폐부를 찌릅니다."로 추도사가 시작되자 추도객들은 눈물을 훔쳤다.

월남에서 사령관으로 모셨던 그를 추모하기 위하여 전국에서 모였다. 백발이 성성한 추도객들은 그를 "우리 사령관님!"이라고 불렀다. 이름 밝히기를 꺼리는 한 추도객은 "진정 앞으로 우리 사령관님 같으신 군인은 다시 있지 않을 것을 확신한다. 사병으로 월남에 참전하여 많은 접촉은 없었지만, 그의 부하였던 것만으로도 행복하다."라고 했다.

황진하 국회의원은 추모사에서 "한국군 전사의 표상이자 불멸의 영웅이신 영원한 지휘관, 살아서는 조국을 죽어서는 전우와 함께하시겠다며 전우들과 함께 한 평짜리 유택에 누우신 장군님의 크고 거룩한 뜻은 지금도 이 자리에서 크게 물결치고 있습니다. 참 군인의 표상이셨습니다. 그리고 선배님의 행적 하나하나는 그 거룩한 삶을 따르는 후배들에게 큰 귀감(龜鑑)이 되고 있다."라고 했다.

추도식이 끝난 후, 추모객은 묘역으로 이동했다. 그는 제2 묘역에 971기의 베트남 전쟁에서 전사한 전우들 곁에 묻혔다. 사병과 같은 규격의 같은 비석 앞에는 그를 추모하고 기리는 꽃과 편지가 가득했다.

그는 평소 제2 묘역에 누워있는 병사들을 집 창문을 통해 가리키며 월남에서 생사를 같이 한 그들과 함께 묻히고 싶다고 했다. 조국을 위해 젊음을 바친 병사들이 위대하며 오늘의 조국은 다 그 병사들의 희생 위에 터 잡은 것이다. 먼저 산화한 그들에게 많은 빚을 졌으니 병사들과 똑같이 화장하고 병사들과 똑같은 크기와 모양으로 묘비를 세워달라고 입버릇처럼 말했다.'고 한다.

삼삼오오 모여 전우와 동료 안부를 묻고 채 장군의 일화를 나누는 추모객들의 모습은 참으로 훈훈했다. 나는 연신 눈물을 닦고 있는 둘째 딸에게 아버지 채명신은 어떤 사람인지 물었다. "훌륭하신 분입니다. 하지만 딸인 나는 서운할 때가 참 많았습니다. 아버지는 첫째는 조국이요, 둘째는 전우요, 셋째가 가족이었습니다. 그래서 철없던 때는 속이 많이 상했지요. 누구나 부모님이 그립지 않겠습니까마는 아직도 아버지가 매우 그립고 보고 싶습니다."라고 하자 곁에 있던 아들도 "늘 군 복무로 집을 떠나 계실 때가 많았어요. 하지만 우리 아버지는 자상하고 인자한 분입니다."라고 회상했다.

1년 전 장례식 때도 헤아릴 수 없을 만큼 수많은 사람이 먼 길을 찾아 조문과 위로를 해주었는데, 이번 추모식에도 잊지 않고 와주신 분들을 보면서 새삼 아버지를 더욱더 존경한다고 했다.

　호랑이는 죽어서 가죽을 남기고 사람은 죽어서 이름을 남긴다는 속담의 실제 주인공인 고 채명신 장군! 현충원에 오면 그의 묘비를 보고 가는 많은 추모객과 생사를 함께 했던 부하와 전우들이 기리는 그는 참 군인이었음을 증명했다. 오늘따라 자신을 불태워 현충원을 장식하는 단풍잎이 제자리를 찾아 떠나가는 마지막 빛이 유난히 곱다.

화전놀이

봄이 오는가 싶더니 온갖 봄꽃이 한꺼번에 피어서 아우성친다. 언제부터인지 겨울과 봄의 경계가 허물어지고 있다. 봄 속에 겨울이 존재하는 날이 길어지면서 사람들의 옷차림도 가지각색이다. 아침에는 두툼한 겨울옷, 한낮에는 반소매가 등장하고 해가 뉘어갈 때는 봄옷이다. 그래도 꽃은 어찌 그리도 때를 맞추어 피어나는지 자연의 섭리에 감탄이 절로 나온다.

오랜만에 집 근처 관악산을 찾았다. 산 아래는 이미 져버린 진달래가 바위틈에 소담스럽게 피었다. 진달래를 본 순간 입안에 침이 고였다. 여러 사람이 시각으로 즐기는 꽃이라서 난 사방을 둘러보았다. 다행히 이른 아침이라서 아무도 없었다. 얼른 진달래 서너 송이를 따서 입에 넣었다. 추억 속 떨떠름한 맛이 입안 가득 퍼졌다. 다시 손을 뻗어 따려는 순간 두런거리는 사람 소리가 들렸다.

감쪽같이 손을 거두고 아무 일 없듯이 시치미를 떼고 발아래 펼쳐진 서울 시내를 내려다보았다. 부부로 보이는 사람 중 여자는 "어머나! 진달래다. 우리 따먹고 가요?"라며 얼른 진달래를 땄다. 그 모습은 본 남자는 "많은 사람이 볼 것인데 당신이 따버리면 어떻게 해!"라며 부인을 나무랐다. 그 소리에 난 양심에 찔렸다. 그런데 바로 그때 "아 참! 당신은 도시에서 자라서 진달래 맛을 모르지? 우리 어릴 때 많이 먹어봐서 진달래 맛을 알지롱." 하면서 개구진 얼굴로 오물오물 맛나게 먹었다. 그 부부가 나눈 말을 들으며 진달래를 먹던 유년의 추억을 가진 사람이라면 누구나 따서 먹고 싶은 충동이 인다는 것은 인지상정(人之常情)일 것이다.

　　진달래가 피는 봄이면 우리 동네에서는 연례행사인 화전놀이가 열렸다. 이날은 온 마을 남녀노소 없이 화전놀이에 참여하여 맛있는 음식을 나누어 먹으며 하루를 즐겼다. 예전 어업 전진기지인 고향에서는 이때쯤이면 준치를 비롯하여 삼치, 갑오징어, 꽃게, 낙지 등 온갖 해산물이 넘쳐났다. 그 많은 해산물 중에서도 화전놀이에 꼭 빠지지 않고 하는 음식이 있었다. 뼈가 많은 준치는 포를 떠서 잘게 저며 미나리와 회무침을 하고, 갑오징어는 말려서 찌거나 회무침을 했다. 웬만한 아이 키만 한 오동통한 삼치는 회를 저미고, 꽃게는 양념 무침을 하고 몇 바구니씩 삶았다. 막걸리는 술도가에서 한 말들이 통으로 몇 개씩 주문했다. 말린 양태와 서대는 쪄서

통깨를 솔솔 뿌리고, 찰밥과 흰 쌀밥을 가마솥 가득했다.

화전놀이는 마을 뒷산 평평하고 너른 바위에서 이루어졌다. 아침부터 남자들은 미리 장만한 음식을 지게에 지고, 여자들은 머리에 이어 날랐다. 온 마을 사람들은 아침부터 꽃단장을 시작하여 새끼 점심 때쯤에는 그곳으로 다 모여들었다.

우리 집에서도 할머니는 동백기름이 잘잘 흐르게 바른 머리에 아껴 둔 은비녀를 꼽고 나들이 때나 입으신 옥색 한복으로 단장했다. 엄마도 동백기름과 분첩을 꺼내 바르고 볼에 연지도 곱게 찍고 립스틱도 발랐다.

화전 터에는 어른이나 아이 할 것 없이 먹고 마시고 노래를 부르며 정을 나누었다. 어른들이 춤을 추며 육자배기, 진도아리랑을 부르고 흥을 돋을 때 아이들은 진달래를 따서 먹고 실에 꿰어 꽃목걸이를 만들었다. 풍류에 취미가 없는 사람들은 고사리를 꺾고 취나물도 뜯었다. 한쪽에서는 화덕 위에 솥뚜껑을 엎어서 들기름을 두르고 찹쌀가루 반죽에 아이들이 따온 진달래를 올려 화전을 부쳤다. 우리는 한 개라도 더 얻어먹겠다고 서로 밀치며 싸우기도 했다. 그걸 본 동네 삼촌들은 차례를 세우고 싸움을 말렸다. 또 즉석에서 쑥을 뜯어서 씻지도 않고 쑥전도 부쳐 먹었다.

우리 고향에서는 진달래를 참꽃이라고 불렀다. 산비탈에 있는 우리 밭 주변에는 봄이면 온통 진달래가 피어 분홍 꽃대궐을 이루었다. 엄마와 할머니는 보리밭에 김을 매다 집으로 돌아오는 저녁이면 머리에 썼던 수건 가득 참꽃을 따왔다. 그러면 우리 일곱 형제는 앞다투어 서로 먹겠다고 난리였다. 엄마는 아버지를 위해 진달래 꽃술을 담갔다. 아버지가 집에 오는 날 상에 반주로 올리는 바로 그 두견주다.

휴일 아침, 관악산에서 유년의 고향을 추억한다. 화전놀이와 이제는 다시 볼 수 없지만 늘 마음에 자리한 할머니, 엄마 아버지. 그리고 어딘가에서 잘살고 있을 옛 친구들을 그려보는 기억의 시간을 준 분홍빛 진달래는 내 고향 뒷산도 만산홍으로 물들였겠다.

낙지
팥죽

초록 숲이 알록달록 물들어간다. 집 뒤 베란다에서 마주 보이는 봉황산 꼭대기에 구름이 뭉게뭉게 피었다. 눈을 떼지 못하고 뭉게구름과 하늘을 망연히 바라보았다. 요즘은 미세먼지와 황사로 인하여 예전에 당연시했던 맑은 하늘이 참 새삼스럽다. 더구나 한동안 출판사에 보낼 원고를 정리하느라 가을이 성큼 다가온 줄도 몰랐다.

저녁 반찬을 뭘 할지 고민하다 재래시장에 갔다. 채소전 앞에 사람들이 웅성웅성 빙 둘러서서 뭔가를 보고 있었다. 얼굴이 익은 사람이 검은 비닐봉지를 들고 사람들 틈에서 나왔다. 그가 나온 틈바구니에 고개를 디밀었다. 함지마다 꼬물거리는 싱싱한 낙지가 가득했다. 낙지를 보자마자 고민했던 저녁 메뉴가 떠올랐다. 차례를 기다려 낙지 큰 것과 작은 것 열 마리를 샀다.

그곳에서 머무른 시간이 길어져 저녁이 늦었다. 종종걸음으로 돌아와 서둘러 팥을 씻어서 압력밥솥에 앉혔다. 찹쌀 한 공기를 씻어서 물에 담그고 시장 보따리를 풀었다. 꼬물대는 낙지가 손에 쫙쫙 달라붙었다. 우선 큰 낙지 다섯 마리를 큰 양푼에 담아 굵은 소금 한 줌을 넣고 조물조물하면 위아래로 훑어가며 몇 번 씻었다.

성성한 낙지는 어느새 바구니를 탈출하여 싱크대에 다닥다닥 발판을 딱 붙였다. 힘껏 잡아당겼지만 쉽게 떨어지지 않았다. 떨어지지 않겠다고 발버둥 치는 낙지를 떼어내 물이 펄펄 끓은 찜통 속에 넣었다. 낙지는 순식간에 아기 뺨처럼 불그스레해지며 조금 전까지 힘찼던 긴 다리가 늘어졌다. 그것을 보자마자 군침이 돌았다. 얼른 한 마리를 꺼내서 다리 서너 개를 자른 후 다시 찜통 속에 넣었다. 다리를 통째로 입에 넣고 오물거렸다. 짭조름한 바다 향기가 입안 가득 퍼졌다.

잘 삶아진 팥을 찜통 속에 넣자 낙지와 어우러져 끓은 냄새가 집 안에 가득했다. 낙지가 흐물흐물해지자 불려놓은 찹쌀과 깐마늘 몇 줌을 넣었다. 따로 간을 하지 않아도 낙지에서 배어 나온 맛으로 충분했다. 먹는 사람의 기호에 따라 소금으로 간 맞추면 된다.

집마다 김치맛이 다르듯이 낙지 팥죽 쑤는 법이 다르다. 낙지는 식감을 살리기 위해 살짝 삶아서 건져낸 물에 팥과 찹쌀을 넣어 만들기도 한다. 나는 어려서부터 먹어온 할머니와 엄마가 하던 방식대로 낙지가 흐물흐물하게 푹 끓인다. 아마도 엄마는 이가 튼실하지 못한 할머니가 먹기 편하게 낙지를 푹 고아 만들지 않았나 싶다. 그래서인지 할머니는 엄마표 낙지 죽을 최고라고 칭찬했다.

낙지 팥죽이 다 되어갈 즈음 남편이 왔다. 식탁에 별다른 반찬 없이 남편과 냉면 사발에 가득 담아 한 그릇씩 뚝딱 먹었다.

"오랜만에 먹으니 맛있네."

남편은 이마에 맺힌 땀방울 닦으며 말했다. 결혼 초 남편은 낙지를 전혀 먹지 않았다. 어느새 입맛이 바뀌어 맛있게 먹은 준 남편이 고마웠다.

"오늘 죽은 더 맛있네요."

뜨거운 죽을 먹고 나면 꼭 찜질방에 다녀온 듯 몸이 개운했다.

설거지를 미루고 따끈할 때 먹으라고 이웃에 사는 지인에게 한 양푼 퍼다 주었다. 고향이 내륙인 그는 처음에는 팥죽에 웬 낙지인가 참 별스러운 음식이라고 했던 얼굴 가득 함박웃음을 지으며 좋아했다.

"손이 많이 가는 걸 언제 했느냐? 자신은 귀찮아서 먹고 싶으면 한 그릇 사 먹고 만다."라고 덧붙였다. 그럴 때마다 대답을 어떻게 해야 할지 난감했다. 나라고 귀찮고 하기 싫을 때가 왜 없겠는가. 그래도 가족이 좋아하고 잘 먹는 모습을 보는 것만으로도 보람 있고 행복한걸. '식구들 건강은 부엌에 있으며 어떤 음식을 하느냐에 따라 달라진다.'라고 엄마에게 귀에 딱지가 앉을 정도로 들었다. 그래서인지 엄마는 가을이면 펄에서 잡은 낙지를 내다 팔지도 않고 큰 가마솥에 낙지 팥죽을 가득 끓여서 식구들 몸보신을 해주었다. 그럴 때면 우리는 국물 한 방울 남김없이 맛나게 먹었다.

　옛 속담에 봄 주꾸미, 가을 낙지라는 말이 있을 정도로 가을 식자재로 엄지 척이다. 펄 속의 '산삼'이라는 낙지 한 마리가 인삼 한근과 맞먹는다는 말처럼 가을 낙지는 사람에게 최고의 좋은 보양식이다. 옛말에 죽어가는 소도 벌떡 일으킨다는 낙지 아니던가. 맛이 달콤하고 원기를 돋운다.

　어느 음식 전문가의 말을 빌자면 자신이 사는 곳 100리 안팎에서 제철에 나는 식자재로 만든 음식이 몸에 최고라고 했다. 집에서 가까우면 우선 신선하여 좋을 것이다. 나 또한 태어나고 자란 고향과 멀지 않은 곳에 살면서 제철마다 나는 음식으로 잘 먹고 있으니 최고의 행복이 아닌가 싶다.

　이 가을 낙지 팥죽으로 몸보신했으니 기운차게 글을 써야겠다.

튼튼이와의
첫 만남

'튼튼이'는 딸과 사위가 아이에게 의기투합하여 지어준 태명이다. 튼튼하고 건강하게 태어나라는 엄마 아빠의 소망이 담긴 이름이라고 생각되어 나도 맘에 쏙 들었다.

튼튼이가 마흔이 다된 어미 배 속에서 자리 잡았다는 소식에 가슴이 뛰었다. 콩알만큼 자란 아이의 모습과 심장 소리를 초음파 사진으로 보고 들으면서 건강하게 만날 날을 손꼽아 기다렸다.

마지막 산달, 정기 검진에서 아기가 커서 자연 분만보다는 제왕절개를 권하는 주치의의 진단에 따라 예정일보다 10여 일 앞당겨 출산일이 잡혔다. 그 말을 듣고 정작 본인은 괜찮다는데 나는 자연 분만을 하면 좋으련만 걱정만 앞세웠다. 분만 예정일을 이틀 앞두고 서울 딸네로 갔다. 정작 배가 남산만한 딸의 모습을 보니 안쓰러웠다.

출산하는 날 일찍부터 일어나 아기를 낳고 조리원까지 거쳐서 오려면 20여 일 동안 집을 비우니 챙길 게 많았다. 분만하려면 몇 시간 동안 기다려야 한다며 엄마는 집에 계시다 연락하며 오라는 딸과 사위 말을 거부하고 함께 병원으로 갔다. 보호자인 사위와 함께 분만대기실로 들어가는 딸을 보니 울컥 눈물이 났다. 우리 엄마도 내가 첫아이를 낳았을 때 얼굴을 매만지면 눈물을 글썽이던 모습이 오버랩되었다.

2016년 6월 26일 12시, 예정된 시간이 가까워지자 나는 몹시 긴장되었다.

'내 딸이 별 탈 없이 순산하고, 아기가 건강하게 태어나게 해주세요.'라며 두 손을 모으고 세상 모든 신께 기도했다. 지금쯤이면 분만실에서 아기를 낳을 시간인데 딸이 전화했다. 순간 뭔 일인가 긴장하며 전화를 받았다. 1시 반으로 출산 시간이 바뀌었다고 했다. 후유! 다행이다. 1시 분만실로 옮겼다는 사위 문자를 받았다. 너무 긴장해서인지 화장실을 자주 들락거렸다. 마침 화장실을 다녀오니 분만실 문이 열리고 사위가 나를 불렀다.

"어머니, 튼튼이 낳았어요."

나는 번개처럼 뛰어들었다. 마침 간호사가 데리고 나온 아기는 응애응애 우렁차게 울었다. 아기 곁으로 조심조심 다가갔다.

"아!" 감탄사가 절로 나오며 순간 울컥? 눈물이 났다. 너무 감사하고 기뻤다.

"아가 튼튼아, 할머니야, 할머니. 우리 아가 이 세상에 와주어 정말 정말 축하해. 이제 할머니랑 잘 지내자."

아기는 신기하게도 내 목소리를 듣는 순간 울음을 뚝 그쳤다.

"어! 어머니 목소리를 기억하는지 튼튼이가 울음을 그치네요."

옆에 있던 사위가 말했다. 아마 제 어미와 목소리가 같아서일 것이다.

"그러게."

오랜만에 강보에 싸인 갓 태어난 아기가 신기했다. 초음파 사진으로 봤던 모습과 똑같다. 이목구비가 뚜렷하고 큼직한 엄마와 아빠 좋은 유전자를 닮아서인지 3.8kg나 되었다. 크다는 걸 익히 알았지만 자연 분만을 했더라면 산모가 몹시 힘들었을 생각에 의사의 말을 잘 따라서 제왕절개를 한 게 다행이었다.

아이의 작은 몸 어디에 내 분신이 묻어 있을 것만 같아서 더 예쁘고 사랑스러웠다. 갓 탯줄만 끊고 나온 아가는 이내 안으로 들어갔다. 짧은 아기와의 만남으로 한동안 가슴이 벅차고 마음이 붕 떴다.

딸은 산후 처리하느라 한참 후에 만날 수 있었다.

"엄마, 우리 아가 예뻐. 손, 발가락 열 개 다 있어?" 딸은 나를 보자마자 아가를 물었다. 이제 진정 엄마가 되었다는 생각이 들었다.

"그럼 아주 아주 건강해. 너는 괜찮아? 수고했다. 내 딸! 엄마 된 것 축하해!"

"고마워요. 엄마. 나는 괜찮아요."

늘 씩씩한 내 딸은 그 순간에도 평소와 다름없었다. 다행이다. 잠깐 얼굴을 보고 밖으로 나오니 아가가 분만실을 나와서 신생아실로 옮겨가고 있었다. 아가를 안아보았다. 눈을 감고 자는 아이는 천사의 모습이었다. 한동안 신생아실 앞을 떠나지 못하고 유리창 너머로 튼튼이를 지켜보았다. 아직 할머니가 되었다는 게 실감나지 않았다.

남편, 아들들과 동생, 올케에게 딸의 출산 소식을 알렸다. 내 동생은 그 순간 눈물이 났다고 했다. 다들 산모와 아기 건강은 괜찮은지 물었다. 가족의 정을 다시 한번 확인했다.

딸은 회복실에서 약 4시간 만에 입원실로 올라왔다.

"오늘 내가 산모 곁에 있을까?"

"어머니 힘드신데 제가 있겠습니다."라는 사위에게 그러라 했다. 딸과 사위가 온종일 고생하셨다며 집에 가서 편히 쉬라고 했다. 사위에게 수고하라는 말과 딸아이 얼굴을 쓰다듬어주고 병실을 나왔다.

병원 문을 나서다가 다시 분만실 앞으로 갔다. 커튼이 내린 유리창 틈새로 튼튼이를 찾았다. 마침 간호사가 알아보고 아기를 안고 세워서 보여주었다. 나는 고맙다고 묵례를 했다.

자려고 누웠는데 자꾸 아기의 얼굴이 떠올랐다. 첫 손자가 태어나 외할머니가 되었다니 믿기지 않다. 좋아서 자꾸 웃음이 나왔다. 우리 튼튼이가 건강하게 잘 자라길 소망한다. 의미 있고, 애달프고, 감사하고 참 행복한 하루였다.

여름이 영글어가는 유월, 손자는 천사보다 아름다운 모습으로 우리 곁에 왔다.

참깨꽃 연가

초판 1쇄 발행 2020년 11월 30일

지은이 서동애
펴낸곳 글라이더 **펴낸이** 박정화
편집 이정호 **삽화** 김유진 **디자인** 디자인부 **마케팅** 임호

등록 2012년 3월 28일(제2012-000066호)
주소 경기도 고양시 덕양구 화중로 130번길 14(아성프라자 6층)
전화 070)4685-5799 **팩스** 0303)0949-5799 **전자우편** gliderbooks@hanmail.net
블로그 http://gliderbook.blog.me/
ISBN 979-11-7041-045-4 03810

이 책은 전라남도, (재)전라남도 문화재단의 후원으로 발간되었습니다.
이 도서의 국립중앙도서관 출판예정도서목록(CIP)은 서지정보유통지원시스템
홈페이지(http://seoji.nl.go.kr)와 국가자료공동목록시스템(http://www.nl.go.kr/
kolisnet)에서 이용하실 수 있습니다.(CIP제어번호: CIP2020047802)

글라이더는 독자 여러분의 참신한 아이디어와 원고를 설레는 마음으로 기다리고 있습니다.
gliderbooks@hanmail.net 으로 기획의도와 개요를 보내 주세요. 꿈은 이루어집니다.